In diesen bewegenden autobiographischen Essays erzählt Herta Müller die Geschichte ihres Aufwachsens in Rumänien unter der Diktatur Ceauçescus. Kindheit, Familie, das Alltagsleben in einem inselhaft isolierten deutschsprachigen Dorf sind der Hintergrund von Herta Müllers Erinnerungen und Selbstbefragungen, und zugleich steckt in ihnen die Geschichte eines Aufwachsens mit der Sprache, in der Sprache, gegen die Sprache.

Dies ist ein Buch, in dem jedes Wort schwer wiegt. Es ist europäische Literatur vom Rang eines Alexandar Tisma, Imre Kertész oder einer Ruth Klüger, die sich – nach dem Überleben einer Diktatur – erst wieder eine neue Sprache erschreiben mussten, um das Erlebte – und eigentlich nicht Sagbare – mitteilen zu können.

Herta Müller, wurde 1953 in einem deutschsprachigen Dorf im Banat/Rumänien geboren. Nach einem Publikationsverbot und Repressionen durch den Geheimdienst Securitate konnte sie 1987 nach Berlin ausreisen, wo sie auch heute lebt. Zu ihren bekanntesten Werken gehören der Erzählungsband »Reisende auf einem Bein« und der Roman »Der Fuchs war damals schon der Jäger«. Für »Herztier« erhielt Herta Müller 1998 den Impac Dublin Literary Award, den weltweit höchstdotierten Literaturpreis für ein einzelnes Werk. Darüber hinaus wurde sie mit zahlreichen weiteren Preisen ausgezeichnet, darunter der Joseph-Breitbach-Preis, der aspekte-Literaturpreis, der Kleist-Preis, der Franz-Kafka-Preis und der Walter-Hasenclever-Literaturpreis.

Unsere Adresse im Internet: www.fischerverlage.de

Herta Müller

Der König
verneigt sich
und tötet

Fischer Taschenbuch Verlag

3. Auflage: Oktober 2009

Veröffentlicht im Fischer Taschenbuch Verlag,
einem Unternehmen der S. Fischer Verlag GmbH,
Frankfurt am Main, April 2008

Lizenzausgabe mit freundlicher Genehmigung
des Carl Hanser Verlags München Wien
© 2003 Carl Hanser Verlag München Wien
Druck und Bindung: Druckerei C. H. Beck, Nördlingen
Printed in Germany
ISBN 978-3-596-17534-5

Der König verneigt sich und tötet

In jeder Sprache sitzen andere Augen

In der Dorfsprache – so schien es mir als Kind – lagen bei allen Leuten um mich herum die Worte direkt auf den Dingen, die sie bezeichneten. Die Dinge hießen genauso, wie sie waren, und sie waren genauso, wie sie hießen. Ein für immer geschlossenes Einverständnis. Es gab für die meisten Leute keine Lücken, durch die man zwischen Wort und Gegenstand hindurch schauen und ins Nichts starren mußte, als rutsche man aus seiner Haut ins Leere. Die alltäglichen Handgriffe waren instinktiv, wortlos eingeübte Arbeit, der Kopf ging den Weg der Handgriffe nicht mit und hatte auch nicht seine eigenen, abweichenden Wege. Der Kopf war da, um die Augen und Ohren zu tragen, die man beim Arbeiten brauchte. Die Redewendung: »Der hat seinen Kopf auf den Schultern, damit es ihm nicht in den Hals regnet«, dieser Spruch konnte auf den Alltag aller angewendet werden. Oder doch nicht? Warum riet meine Großmutter meiner Mutter, wenn es Winter und draußen nichts zu tun, wenn mein Vater ohne Unterlaß Tage hintereinander sturzbesoffen war: »Wenn du meinst, daß du nicht durchhältst, dann räum den Schrank auf.« Den Kopf stillstellen durchs Hin- und Herräumen von Wäsche. Die Mutter sollte ihre Blusen und 7 seine Hemden, ihre Strümpfe und seine Socken, ihre Röcke und seine Hosen neu falten und stapeln oder nebeneinander hängen. Frisch beieinander sollten die Kleider der beiden verhindern, daß er sich aus dieser Ehe heraussäuft.

Wörter begleiteten die Arbeit nur dann, wenn mehrere zusammen etwas taten und einer auf den Handgriff des anderen angewiesen war. Aber auch da nicht immer. Schwerstarbeit wie Säcketragen, Umgraben, Hacken, mit der Sense mähen war eine Schule des Schweigens. Der Körper war zu beansprucht, um sich im Reden zu verausgaben. Es konnten zwanzig, dreißig Leute stundenlang schweigen. Manchmal dachte ich, beim Zusehen, ich sehe jetzt zu, wie das geht, wenn Leute das Sprechen verlernen. Sie werden alle Wörter vergessen haben, wenn sie aus diesem Schuften wieder draußen sind.

Was man tut, muß nicht im Wort verdoppelt werden. Worte halten die Handgriffe auf, sie stehen dem Körper regelrecht im Weg – das kannte ich. Aber die Nichtübereinstimmung zwischen draußen bei den Händen und drinnen im Kopf, das Wissen: jetzt denkst du etwas, was dir nicht zusteht und dir niemand zutraut, das war etwas anderes. Das kam nur dann, wenn die Angst kam. Ich war nicht ängstlicher als andere, hatte nur wie sie wahrscheinlich auch die vielen grundlosen Gründe, Angst zu haben – im Kopf gebaute, ausgedachte Gründe. Aber diese ausgedachte Angst ist keine bloß eingebildete, sie ist gültig, wenn man sich mit ihr herumschlagen muß, da sie so wirklich ist wie die von außen begründete Angst. Man könnte sie, gerade weil sie im Kopf gebaut ist, auch kopflose Angst nennen. Kopflos, weil sie keine genaue Ursache und keine Abhilfe kennt. Emil M. Cioran sagte, die

Augenblicke der grundlosen Angst kämen der Existenz am nächsten. Plötzliche Sinnsuche, das nervliche Fieber, das Frösteln des Gemüts bei der Frage: Was ist mein Leben wert. Diese Frage machte sich herrisch über das Gewöhnliche her, blinkte aus den ganz »normalen« Augenblicken. Ich mußte weder Hunger leiden noch barfuß laufen, lag abends in frischbezogenem, knirschend gebügeltem Bettzeug zum Einschlafen. Man hatte mir noch das Lied: »Bevor ich mich zu Ruh begeb,/ zu dir, oh Gott, mein Herz ich heb«, gesungen, bevor das Licht ausgeknipst wurde. Dann aber wurde der Kachelofen neben dem Bett ein Wasserturm, der vom Dorfrand mit dem wilden Wein. Das schöne Gedicht von Helga M. Novak, »Der Wilde Wein um den Wasserturm verfärbt sich ganz, wenn er verblüht ist wie die Unterlippen der Soldaten«, kannte ich damals noch nicht. Das Gebet, das beruhigen und mich direkt in den Schlaf ziehen sollte, wirkte umgekehrt, es wühlte den Kopf auf. Ich habe es darum auch später und bis heute nie verstanden, wie der Glaube die Angst der Menschen beruhigen kann, wie er anderen das Gleichgewicht bringt und sich eignet fürs Stillhalten der Gedanken im Schädel. Denn jedes auch noch so oft hergeleierte Gebet wurde ein Paradigma. Es verlangte nach der Interpretation meines eigenen Zustands. Der Platz der Füße ist auf dem Boden, etwas höher sind der Bauch, die Rippen, der Kopf. Am höchsten das Haar. Und wie hebt man das Herz durchs Haar über eine dicke Zimmerdecke zu Gott. Weshalb singt eine Großmutter mir diese Worte, wenn sie das, was sie verlangen, selber nicht tun kann.

Der wilde Wein heißt im Dialekt »Tintentrauben«, weil seine schwarzen Beeren die Hände verfärben mit Flecken, die sich in die Haut fressen für viele Tage. Der Wasserturm neben dem Bett, seine Tintentrauben schwarz, wie der tiefe Schlaf sein soll. Ich wußte, einschlafen heißt, sich in der Tinte ertränken lassen. Ich wußte aber auch: Wer nicht schlafen kann, hat ein schlechtes Gewissen, eine ungute Fracht im Schädel liegen. Also hatte ich das, wußte nur nicht warum. Auch in der Dorfnacht draußen war Tinte. Der Turm hatte die Gegend im Griff, er zog den Boden und den Himmel weg, und es gab für alle im Dorf in der Tinte nur die eine winzige feste Stelle, an der sie sich gerade befanden. Aus allen Richtungen quakten die Frösche, tobten die Grillen, zeigten den Weg unter die Erde. Und sperrten, daß auch keiner davonkommt, das Dorf ins Echo einer Kiste. Ich wurde wie alle Kinder zu den Toten mitgenommen. Sie waren in ihren Häusern aufgebahrt im schönsten Zimmer. Man ging sie ein letztes Mal besuchen, bevor sie auf den Friedhof kamen. Die Särge waren offen, die Füße lagen mit hochgestellten Schuhsohlen in Richtung Tür. Man ging, zur Tür hereinkommend, von den Füßen aus ein Mal um den Sarg herum und sah die Toten an. Die Frösche und Grillen waren ihr Personal. Nachts sagten sie den Lebenden etwas Durchsichtiges, das den Kopf verwirren sollte. Ich hielt den Atem an, so lang ich konnte, um zu verstehen, was sie sagten. Dann aber schnappte ich panisch nach Luft. Verstehen wollte ich, aber nicht den Kopf verlieren ohne Rückkehr. Wer das Durchsichtige ein Mal versteht, wird an den Füßen gepackt, ist weg von der Erde, dachte ich. Das Gefühl, in dieser Dorfkiste dem Fraß der Gegend ausgeliefert zu sein, überkam mich genauso an zu grellen Hitzetagen im Flußtal, wo ich Kühe hüten mußte. Eine Uhr hatte ich keine, meine Uhr war die

Bahnstrecke in die Stadt. Es fuhren am Tag vier Züge durchs Tal, erst nach dem vierten durfte ich mich auf den Heimweg machen. Dann war es acht Uhr abends. Dann begann auch der Himmel Gras zu fressen und holte das Tal zu sich hinauf. Ich beeilte mich wegzukommen, bevor es soweit ist. An diesen langen Tagen in einem sehr großen, frechgrünen Tal fragte ich unzählige Male, was mein Leben wert ist. Ich kniff mir rote Flecken in die Haut, um zu erfahren, was für Material diese Beine und Arme sind und wann Gott sein Material von mir zurückhaben will. Ich aß Blätter und Blüten, damit sie mit meiner Zunge verwandt sind. Ich wollte, daß wir uns ähneln, denn sie wußten, wie man lebt, und ich nicht. Ich redete sie mit ihren Namen an. Der Name »Milchdistel« sollte wirklich die stachlige Pflanze mit der Milch in den Stielen sein. Aber der Name war der Pflanze nicht recht, sie hörte nicht drauf. Ich versuchte es mit erfundenen Namen: »Stachelrippe«, »Nadelhals«, in denen weder »Milch« noch »Distel« vorkam. Im Betrug aller falschen Namen vor der richtigen Pflanze tat sich die Lücke ins Leere auf. Die Blamage, mit mir allein laut zu reden, nicht mit der Pflanze. In den vier vorbeifahrenden Zügen waren die Fenster aufgerissen, kurzärmlig standen die Reisenden drin, ich winkte. Ich ging, so nah ich konnte, zu den Schienen, um von den Gesichtern bißchen was zu sehen. Es waren die sauberen Städter im Zug, an manchen Damen glitzerten Schmuck und rote Nägel. Wenn der Zug vorbei war, klebte das flattrige Kleid wieder an mir, mein Kopf war benebelt vom plötzlich abgebrochenen Fahrtwind, wie nach der Bruchlandung eines fliegenden Karussells standen die Augen im Kopf und schmerzten. Die Augäpfel wie ein bißchen zu 11 weit aus der Stirn gezogen, vom Luftsog ausgekühlt waren sie zu groß für die Augenhöhlen. Mein Atem war flau, die Haut an Armen und Beinen dreckig, zerkratzt, die Fingernägel grün und braun. Nach jedem Zug fühlte ich mich im Stich gelassen, war mir zuwider und sah mich noch genauer an. Da wurde der Talhimmel ein großer blauer und die Weide ein großer grüner Dreck und ich ein kleiner Dreck dazwischen, der nicht zählte. Das Wort »einsam« gibt es nicht im Dialekt, nur das Wort »allein«. Und dieses hieß »alleenig«, und das klingt wie »wenig« – und so war es auch.

So war es auch mitten im Maisfeld. Kolben mit Greisenhaar, man konnte Zöpfe damit flechten, gelbe zerbrochene Zähne – die Maiskörner. Der eigene Körper raschelte, war so wenig wie der leere Wind im Staub. Der Hals innen trocken vor Durst, oben eine fremde Sonne wie ein Tablett bei vornehmen Leuten, wenn sie einem Gast ein Glas Wasser bringen. Bis heute machen mich lange Maisfelder traurig, ich schließe, wo immer ich im Zug oder im Auto an Maisfeldern vorbeifahre, die Augen, werde sofort von der Angst gepackt, daß Maisfelder senkrecht um die ganze Erde gehen.

Ich haßte das sture Feld, das wilde Pflanzen und Tiere fraß, um gezüchtete Pflanzen und Tiere zu füttern. Jeder Acker war das randlos ausgebreitete Panoptikum der Todesarten, ein blühender Leichenschmaus. Jede Landschaft übte den Tod. Blumen ahmten die Hälse, Nasen, Augen, Lippen, Zungen, Finger, Näbel, Brustwarzen der Menschen nach, gaben keine Ruhe, liehen sich wachsgelb, kalkweiß, blutrot oder fleckenblau die Körperteile aus, vergeudeten, mit Grün gepaart, was ihnen nicht gehörte. Den Toten zogen diese Farben dann durch die Haut, wie sie wollten. Die Lebenden waren so dumm und heischten danach, und an den Toten blühten sie, weil das Fleisch abdankte. Ich kannte vom Besuch der Toten die blauen Fingernägel, den gelben Knorpel in grünlichen Ohrläppchen, wo die Pflanzen schon die Zähne drin haben, ungeduldig mit der Verwesungsarbeit loslegen, mitten im schönsten Zimmer der Häuser, nicht erst im Grab. Ich dachte auf den Straßen dieses Dorfes, zwischen den Häusern, Brunnen und Bäumen: Das hier sind die Fransen der Welt, man sollte auf dem Teppich leben, der ist aus Asphalt und nur in der Stadt. Ich wollte von diesem blühenden Panoptikum, das alle Farben vergeudete, nicht erwischt werden. Meinen Körper diesem gefräßigen, mit Blüten getarnten Sommerbrennen nicht zur Verfügung stellen. Was ich wollte: weg von den Fransen, auf den Teppich, wo der Asphalt unter den Sohlen so dichthält, daß der Tod aus der Erde nicht um die Knöchel schleicht. Mit rotlackierten Nägeln als Stadtdame im Zug fahren wollte ich, mit zierlichen Schuhen wie Eidechsköpfe übern Asphalt gehen, das trockene Klippklapp der Schritte hören, so wie ich es bei zwei Arztbesuchen in der Stadt erlebt hatte. Mit dem Lebendigsein im Freßkreis der Pflanzen, dem Widerschein des Blattgrüns auf der Haut konnte ich mich nicht arrangieren, obwohl ich nur Bauern kannte. Ich sah immer, daß das Feld mich nur ernährt, weil es mich später fressen will. Es blieb mir ein Rätsel, wie man sein Leben einer Umgebung anvertrauen kann, die einem auf Schritt und Tritt zeigt, daß man ein Kandidat fürs Panoptikum des Sterbens ist.

Es war ein Versagen, daß mich, was ich tat, nicht über- 13

zeugte und mir das, was mir durch den Kopf ging, niemand zutraute. Ich mußte den Augenblick so groß aufreißen, daß er mit nichts, was menschenmöglich wäre, zu füllen war. Ich provozierte das nackte Daherkommen der Vergänglichkeit, war außerstande, das erträgliche Maß zu finden, mich ans Gewöhnliche zu halten.

Es ist eine Bloßstellung, wenn man sich aus der Haut ins Leere rutscht. Ich wollte der Umgebung nahekommen und verschliß mich an ihr, ließ mich so von ihr zerstükkeln, daß ich mich nicht mehr zusammenkriegte. Inzestartig, wie es mir heute scheint. Ich sehnte mich nach »normalem Umgang« und versperrte mir ihn, weil ich nichts auf sich beruhen ließ. Ich hätte das innere Stillhalten dringend nötig gehabt, hab aber nicht kapiert, wie man es fertigbringt. Ich glaube, nach außen war mir nichts anzumerken. Darüber zu reden kam mir gar nicht in den Sinn. Der Irrlauf im Kopf mußte versteckt werden. Obendrein gab es dafür im Dialekt keine Worte, außer diesen beiden Adjektiven: »faul« für den körperlichen Teil der Angelegenheit und »tiefsinnig« für den psychischen Teil. Ich hatte für mich selbst auch keine Worte dafür. Ich habe bis heute keine. Es ist nicht wahr, daß es für alles Worte gibt. Auch daß man immer in Worten denkt, ist nicht wahr. Bis heute denke ich vieles nicht in Worten, habe keine gefunden, nicht im Dorfdeutschen, nicht im Stadtdeutschen, nicht im Rumänischen, nicht im Ost- oder Westdeutschen. Und in keinem Buch. Die inneren Bereiche decken sich nicht mit der Sprache, sie zerren einen dorthin, wo sich Wörter nicht aufhalten können. Oft ist es das Entscheidende, über das nichts mehr gesagt werden kann, und der Impuls, darüber zu reden, läuft gut, weil er daran vorbeiläuft. Den Glauben, das Reden komme den Wirrnissen bei, kenne ich nur aus dem Westen. Reden bringt weder das Leben im Maisfeld in Ordnung noch das Leben auf dem Asphalt. Auch den Glauben, was keinen Sinn hat, hält man nicht aus, kenne ich nur aus dem Westen.

Was kann das Reden? Wenn der Großteil am Leben nicht mehr stimmt, stürzen auch die Wörter ab. Ich hab die Wörter abstürzen sehen, die ich hatte. Und war mir sicher, daß mit ihnen auch die abstürzen würden, die ich nicht hatte, wenn ich sie hätte. Die nicht vorhandenen wären wie die vorhandenen geworden, die abstürzten. Ich wußte nie, wie viele Worte man bräuchte, um den Irrlauf der Stirn gänzlich zu decken. Ein Irrlauf, der sich von den für ihn gefundenen Worten gleich wieder entfernt. Welche Wörter sind es, und wie schnell müßten sie parat stehen und sich abwechseln mit anderen, um die Gedanken einzuholen. Und was heißt Einholen. Das Denken spricht doch mit sich selber völlig anders, als Worte mit ihm sprechen.

Dennoch der Wunsch: »Es sagen können«. Wenn ich den Wunsch nicht ständig gehabt hätte, wäre es nicht so weit gekommen, für die Milchdistel Namen auszuprobieren, um sie mit ihrem richtigen Namen anzureden. Ich hätte ohne diesen Wunsch um mich herum nicht das Fremdeln verursacht als Folge mißratener Nähe.

Immer waren mir die Gegenstände wichtig. Ihr Aussehen gehörte zum Bild der Menschen, die sie besaßen, wie die Menschen selbst. Sie gehören immer zu dem, was und wie ein Mensch war, untrennbar dazu. Sie sind der äußerste von der Haut weggehobene Teil der Personen. Und wenn sie länger als ihre Besitzer leben, wandert die ganze 15 abwesende Person in diese dagebliebenen Gegenstände. Als mein Vater tot war, überreichte mir das Krankenhaus seine Zahnprothese und seine Brille. Zu Hause in einer Küchenschublade zwischen dem Besteck lagen seine kleinsten Schraubenzieher. Solange er lebte, sagte meine Mutter alle paar Tage, Werkzeug gehört dort nicht hin, er solle es wegräumen. Als er tot war, blieb es noch Jahre dort liegen. Da war der Anblick der Schraubenzieher meiner Mutter recht. Wenn ihr Besitzer schon nicht mehr am Tisch saß, sollte wenigstens sein Werkzeug beim Besteck sein. Es kam eine Scheu in ihre Hände, großzügige Ausnahmen unterwanderten ihren Ordnungssinn. Jetzt dürfte er, dachte ich mir, statt mit Messer und Gabel mit seinen Schraubenziehern essen, wenn er an diesen Tisch zurückkehren könnte. Aber auch die sturen Aprikosenbäume im Hof genierten sich nicht zu blühen. Man verteilt die Gefühle ja oft auf seltsame Weise nach außen. Auf einige wenige Gegenstände, die sich ohne Grund dafür eignen, das Erinnern im Kopf zu verdeutlichen. Man geht dabei Umwege. So stellten weder die Prothese noch die Brille die Abwesenheit des Vaters dar, sondern die Schraubenzieher und Aprikosenbäume. Ich ging mit den Augen so irrational in die Bäume hinein, daß die noch kahlen, kurzen Äste den kleinen Schraubenziehern zum Verwechseln ähnelten, wenn ich lange in die Bäume sah. Da war ich erwachsen, und dennoch verbandelten sich die Dinge so hinterhältig wie früher.

Berlin ist keine Aprikosen-Gegend, dafür ist es zu kalt. Ich hab in Berlin keinen Aprikosenbaum vermißt. Dann aber, ohne zu suchen, einen gefunden. Er steht dicht neben den Schienen einer S-Bahnbrücke, man kommt dort nicht hin, er gehört niemandem, höchstens der Stadt. Er steht in einer Vertiefung auf dem Bahndamm, seine Krone ist so hoch wie das Brückengeländer, aber so weit davon entfernt, daß man sich waghalsig vorbeugen müßte, um Aprikosen zu pflücken. Ich gehe alle paar Tage an ihm vorbei. Der Baum ist für mich ein Stück weggelaufenes Dorf, viel älter als mein Aufenthalt in Deutschland. Als wäre das Dorf auch manche Bäume überdrüssig geworden, als hätten sie sich unbemerkt aus den Gärten davongemacht. Als ginge es weggelaufenen Bäumen wie weggelaufenen Menschen: sie verlassen den gefährlichen Ort zum gerade noch richtigen Zeitpunkt, finden ein halbwegs richtiges Land, aber in diesem den falschen Ort zum Bleiben und keinen Entschluß zum Gehen. Mein Weg zum Laden führt mich an dem Aprikosenbaum vorbei. Natürlich hat die Straße zwei Seiten, und ich könnte ihm ausweichen. Wegen des Aprikosenbaums ist es unmöglich, lediglich in den Laden zu gehen. Durch die Straßenseite, die ich wähle, muß ich mich entscheiden, ob ich den Baum besuche oder ihm lieber ausweiche. Es ist keine große Aufregung, das zu entscheiden. Ich sag mir: Mal sehen, wie er heute aussieht. Oder: Er soll mich heut in Ruhe lassen. Es ist nicht der Vater, der mich zu den Besuchen drängt, nicht das Dorf, nicht das Land – keinerlei Heimweh. Der Baum ist weder Belastung noch Erleichterung. Er steht nur da als Nachgeschmack der Zeit. Was mir im Kopf in seiner Nähe knistert, ist halb Zucker, halb Sand. Das Wort »Aprikosen« ist schmeichelnd, es klingt nach »liebkosen«. Da habe ich, nach all den Aprikosen-Begegnungen, dann doch eine Collage geklebt mit dem Text:

Parkhauskatzen schleppen fünf sechs Pfoten und
  rascheln
auf den Treppen wie Akazienschoten
als wir die schiefen Aprikosen aßen und Dorfkatzen
rundum langnasig auf den Stühlen saßen
drehten sie wie Glastassen die Augenpaare
und wenn sie schliefen atmeten die Haare
Aprikosen schaden fieberkalt verästelt süß
daß ich den Parkhauskatzen heut noch grüß

Ich erwarte von dem Text ja nicht, daß er mit den Aprikosen etwas abschließend klärt. Er kann das, was mich angesichts der Aprikosen umtreibt, weder leugnen noch be-
glaubigen. Eher klären Texte anderer Autoren etwas für
mich, nicht meine eigenen. Und wenn mir der Zucker
halb Sand ist, kommt mir kein eigener, sondern höchstens
ein Satz von Alexandru Vona zu Hilfe mit seinem lako-
nisch dahergesagten poetischen Schock: »Ich dachte an das
Rätsel der beschleunigten Erinnerungsabläufe, die so um-
fassend sind und doch nur Sekunden in Anspruch nehmen, selbst wenn sie die Dauer eines ganzen Tages oder
gar mehr in geraffter Form darstellen (...) Eigentlich ist die
Frage einfach: Wohin geht die Zeit, wenn wir nur so wenig brauchen, um das wiederzuerleben, was uns von ihr
bleibt?«[1]

Die Stellen, an denen ich vor Gegenständen aus uner-
sichtlichem Grund einmal fremdeln mußte, sie kehren
immer wieder. Die Gegenstände wiederholen sich und
finden mich. Alexandru Vona schreibt: »Es gibt eine be-
drängende Gegenwart der Dinge, deren Zweck ich nicht
kenne.«[2] Ohne Zweck haben Hüte etwas Lauerndes, ohne

das Wissen ihrer Besitzer schleichen sich Geheimnisse zwischen das Kopfhaar und die Futterseide. Die meisten kenne auch ich nicht, spür aber immer, daß es sie gibt, wenn jemand mit dem Hut hantiert. So hat »den Hut ziehen« oder »den Hut lüften« wenig mit Respekt zeigen zu tun und viel mit »die Stirn bieten«, da sie nackt ist, wenn der Hut gezogen wurde. Wenn der Hut gezogen wird, zeigt er sich von innen: dieses weiße Seidenfutter. Der Hut kann jede Kopfbedeckung mit weißem Futter sein. Einmal nahmen zwei Männer vom Geheimdienst gleichzeitig ihre Pelzmützen ab, als sie in die Fabrik kamen, um mich zu drangsalieren. Als die Hüte gezogen waren, standen die Haare auf beiden Kopfmitten struppig nach oben. Das Hirn hatte die Haare hochgestellt, um den Kopf zu verlassen – ich sah es, es hockte in der Futterseide. Die beiden Geheimdienstmänner benahmen sich verächtlich, arrogant – nur angesichts der weißen Futterseide waren sie erbärmlich hilflos. Ich fühlte mich unantastbar für das weiße Glänzen. Ich konnte mich ihnen entziehen, kriegte helle freche Gedanken, und sie merkten nicht, was mich schützt. Mir fielen kleine Gedichte ein, ich sagte sie im Kopf auf, als läse ich sie aus Futterseide. Und ihre Hälse schienen alt, ihre Wangen abgenutzt – es war unerlaubt klar, als die beiden Herren über meinen Tod sprachen, daß sie ihrem eigenen nicht werden standhalten können. Wo meine Gedichtchen in der weißen Seide standen, waren ihre beiden Köpfe aufgebahrt.

Ich mag Leute mit Hüten, weil sie, wenn sie den Hut ziehen, ihr Gehirn zeigen. Und ich senke bis heute im Moment des Hutziehens den Blick. Nicht hinsehen, sonst siehst du zuviel. Ich könnte mir nie eine Kopfbedeckung 19 mit weißem Futter kaufen, mir pochen die Schläfen, weil ich sofort denken muß, vor dem Hutfutter kann der Kopf nichts verstecken, er wird vor jedem Hut geheimnislos.

Ich kann das alles sagen, den Aprikosenbaum erwähnen, die Weißseide der Hüte – aber das klären, was sie im Kopf verursachen, kann ich mit Wörtern nicht. Wörter sind zugeschnitten aufs Reden, vielleicht sogar präzise zugeschnitten. Sie sind auch nur fürs Reden da, meinetwegen auch fürs Schreiben. Aber die Schraubenzieheräste der Aprikosenbäume und den Hirnhut verstehen auch sie nicht. Sie sind nicht in der Lage, das zu vertreten, was in der Stirn geschieht.

Bücher lesen oder gar selber schreiben bringt keine Abhilfe. Wenn ich erklären soll, warum für mich ein Buch rigoros ist und ein anderes flach, kann ich nur auf die Dichte der Stellen hinweisen, die im Kopf den Irrlauf hervorrufen, Stellen, die mir die Gedanken sofort dorthin ziehen, wo sich keine Worte aufhalten können. Je dichter diese Stellen im Text sind, um so rigoroser ist er, je schütterer sie stehen, um so flacher ist der Text. Das Kriterium der Qualität eines Textes ist für mich immer dieses eine gewesen: kommt es zum stummen Irrlauf im Kopf oder nicht. Jeder gute Satz mündet im Kopf dorthin, wo das, was er auslöst, anders mit sich spricht als in Worten. Und wenn ich sage, daß mich Bücher verändert haben, dann geschah es aus diesem Grund. Und es gibt, obwohl es so oft behauptet wird, zwischen Lyrik und Prosa diesbezüglich keinen Unterschied. Prosa hat die gleiche Dichte zu halten, auch wenn sie es, weil auf langer Strecke, anders bewerkstelligen muß. In einem Interview sagt Bruno Ganz, der oft
Lyrik vorträgt: »Ja, bei Lyrik ist es möglich, daß eine Zeile

einen riesigen Raum freilegt, und zwar über das hinaus, was da an Wörtern Sinn ergibt. Auf seltsame Weise verschränkt sich das dann mit der nächsten Zeile, dauernd werden neue Räume geöffnet. Also nicht wie in linearer Prosa in der Art einer Beweisführung. Da wird mit Verschiebungen, mit Vertikalen und sehr seltsamen Bewegungen gearbeitet. Lyrik befindet sich für mich in einem großen Raum, von Luft eingehüllt. Es ist immer mehr gemeint, es wird mehr bewegt als unmittelbar aus den Wörtern spricht.«[3] Bruno Ganz hat treffend formuliert, was geschieht, wenn einen der Text mit sich nimmt. Nur trifft es auf jede Literatur zu, auch auf die Prosa. Sie kann glasnüchtern daherkommen. Bei Hanna Krall zum Beispiel: »Von der Wiener Gestapo brachte man sie nach Auschwitz. Dort war sie in Quarantäne; nach drei Monaten, länger konnte sie nicht bleiben, denn in Mauthausen wartete ihr Mann, ging sie auf die Rampe zu Dr. Mengele, sagte, daß sie Krankenschwester wäre, und bat darum, den Transport zu begleiten (...) Doktor Mengele, vornehm, höflich, führte auf der Rampe ein kurzes Examen durch. ›Wie unterscheiden Sie eine Blutung der Arterie von der einer Vene?‹ fragte er. Das wußte sie, schließlich hatte sie Krankenpflege an der Typhusabteilung im Ghetto gelernt. ›Wie oft in der Minute atmet der Mensch?‹ fragte Mengele weiter. Das wußte sie nicht und erschrak. ›Wie oft in der Minute schlägt das Herz?‹ fragte er, wie ein verständiger Professor, der nicht gerne die Leute durch die Prüfung fallen läßt. ›Je nachdem‹, antwortete sie, ›ob der Mensch Angst hat und wie groß sie ist.‹ Doktor Mengele lachte auf, dabei bemerkte sie, daß er eine Lücke in den Vorderzähnen hatte. Diastema, erinnerte sie sich an die Bezeichnung aus dem Kurs für Krankenpflege. So eine Lücke heißt Diastema.«[4] Hanna Krall dokumentiert, in mündlichem Ton belassen laufen die geschriebenen Sätze in eine unaufgeregte Genauigkeit, eine hellhörige Stille. Die Sätze reden und horchen gleichzeitig, und sie rücken mich beim Lesen in die schier unaushaltbare Nähe von Tatsachen. Hanna Krall versagt uns jeden Kommentar, durch das Raffen und Arrangement der Fakten entsteht eine unnachgiebige Direktheit, die fängt an im Kopf zu hallen. Die dokumentierten Wirklichkeiten der Autorin erzählen sich scheinbar von selbst. Aber es ist die Brillanz der Hanna Krall, Kommentare zu unterlassen und dennoch durch unsichtbare Einmischung hinter jedem Satz zu stehen. Stringentes Literarisieren ohne Fiktion, allein durch das Sensorium für Worte, Reihenfolge, Schnitte. Das Geschehene, in den Büchern der Hanna Krall wird es in den Hinterhalt des Gelebten zurückgezwungen. Ein anderes Beispiel ist Alexandru Vona. Er arbeitet mit Fiktion. Aber sie klingt dokumentarisch. Vonas Sätze glänzen, weil sie so kahl sind. Das Gefühl von Zu-Hause-Sein beschreibt er so: ». . . wenn ich abends im Dunkeln ins Zimmer trete, den Stuhl erkenne, weil ich weiß, daß er um diese Zeit dort stehen muß, (und weiß, daß ich) ihn aber in einem fremden, ebenfalls in Dunkelheit gehüllten Zimmer nicht erkennen würde – eigentlich sehe ich dort nämlich gar nichts.«[5] Oder: »Die ganze Stadt glich dem reglosen Schattenriß des Platznachbarn in einem Konzertsaal.«[6] Oder: »Ich achte immer mehr auf meinen eigenen Gesichtsausdruck als auf den meines Gesprächspartners, und doch kann ich über mich selbst kaum mehr sagen als das, was sich in den Augen des anderen spiegelt.«[7] In Vonas Sätzen wird der Irrlauf angezettelt vom Lapidaren, das Konstatierte wird sich selber fremd, es weitet sich zum Paradigma aus, und ich weiß nicht wie und wodurch. Was der Satz im Kopf anstellt, traut man seinem Außenbild nicht zu.

Aber ein Text kann auch metaphorisch sein, sichtbar eingefädelt in Bilder wie bei António Lobo Antunes, und daraus in den Irrlauf münden: »Schwarze Laune, wütende Melancholie von der Farbe der Wolken ballten sich über dem Meer zusammen, Kissen über Kissen aufeinander-getürmt, voller Doppelkinne aus Taft«[8], heißt es in seinem Roman »Die Vögel kommen zurück«.

In der ganz und gar unterschiedlichen Art, in der diese drei hier zitierten Autoren schreiben, erreichen sie in meinem Kopf dasselbe, sie fesseln mich an ihre Sätze und verblüffen mich, daß ich noch einmal neben mir stehe und mit den Sätzen an meinem eigenen Leben arbeiten muß. Ein guter Satz in der Prosa wird oft damit gelobt, daß er lyrisch sei. Vielleicht weil er für sich allein stehend taugt. Aber er ähnelt nur einem guten Satz in der Lyrik, keinem flachen. Und es ähneln sich da und dort einfach zwei gute Sätze. Der Satz: »Wenn die Vögel sterben, treiben sie mit dem Bauch nach oben im Wind«, ist in Antunes' Prosa selbstverständlich. Und er klingt nur deshalb gleichzeitig wie gute Lyrik, weil er gute Prosa ist.

In den Gegenständen und den Wörtern fürs Tun, nicht in den fürs Denken vorhandenen Wörtern, waren schon Fallen genug. Dann aber lief ich den Fransen der Welt davon, ging auf den Asphalt, wo der Teppich war. Ich war 15 und kam in die Stadt, traf ganz andere Dinge und lernte Rumänisch. Anfangs schwer, ich horchte lange, war überfordert. Ich hatte jetzt zwar Eidechsschuhe mit dem

Klippklapp, aber mich selber nicht ganz dabei. Mir war's, als wären nur die Zehenspitzen für die Stöckelschuhe von mir übrig, wenn ich durch die Stadt ging. Ich sprach so wenig wie möglich. Und dann war nach einem halben Jahr fast alles auf einmal da, als müsse ich gar nichts tun, als hätten Gehsteige, Beamtenschalter, Straßenbahnen und all die Gegenstände in den Läden für mich diese Sprache gelernt.

Wenn die Umgebung nur das spricht, was man nicht kann, horcht man mit der ganzen Gegend auf die Sprache. Und wenn man lange genug bleibt, dann lernt die in der Gegend vorhandene Zeit die Sprache für einen. So ging es mir, der Kopf wußte gar nicht, wie es geschah. Ich glaube, man unterschätzt sein Horchen auf die Wörter. Aber das Horchen bereitet sich aufs Sprechen vor. Eines Tages fing der Mund von alleine das Reden an. Da war mir das Rumänische bereits wie mein Eigenes. Im Unterschied zum Deutschen machten die Wörter aber große Augen, wenn ich sie, ohne zu wollen, mit meinen deutschen Wörtern vergleichen mußte. Ihre Vertracktheiten waren sinnlich, frech und überrumpelnd schön.

Im Dialekt des Dorfes sagte man: Der Wind GEHT. Im Hochdeutschen, das man in der Schule sprach, sagte man: Der Wind WEHT. Und das klang für mich als Siebenjährige, als würde er sich weh tun. Und im Rumänischen sagte man: Der Wind SCHLÄGT, *vîntul bate*. Das Geräusch der Bewegung hörte man gleich, wenn man schlägt sagte, und da tat der Wind nicht sich, sondern anderen weh. So unterschiedlich wie das Wehen ist auch das Aufhören des Windes. Auf deutsch heißt es: Der Wind hat sich GELEGT – das ist flach und waagerecht. Auf rumänisch heißt es aber: Der Wind ist STEHENGEBLIEBEN, *vîntul a stat*. Das ist steil und senkrecht. Das Beispiel vom Wind ist nur eines von den ständigen Verschiebungen, die zwischen Sprachen bei ein und derselben Tatsache passieren. Fast jeder Satz ist ein anderer Blick. Das Rumänische sah die Welt so anders an, wie seine Worte anders waren. Auch anders eingefädelt ins Netz der Grammatik.

Lilie, *crin*, ist im Rumänischen maskulin. Sicher schaut DIE Lilie einen anders an als DER Lilie. Man hat es auf Deutsch mit einer Liliendame, auf Rumänisch mit einem Herrn zu tun. Wenn man beide Sichtweisen kennt, tun sie sich im Kopf zusammen. Die feminine und maskuline Sicht sind aufgebrochen, es schaukeln sich in der Lilie eine Frau und ein Mann ineinander. Der Gegenstand vollführt in sich selber ein kleines Spektakel, weil er sich nicht mehr genau kennt. Was wird die Lilie in zwei gleichzeitig laufenden Sprachen? Eine Frauennase in einem Männergesicht, ein grünlich langer Gaumen oder ein weißer Handschuh oder Halskragen. Riecht sie nach Kommen und Gehen, oder nach Bleiben über die Zeit. Aus der abgeschlossenen Lilie beider Sprachen wurde durchs Zusammentreffen zweier Lilien-Ansichten ein rätselhaftes, niemals endendes Geschehen. Eine doppelbödige Lilie ist immer unruhig im Kopf und sagt deshalb ständig etwas Unerwartetes von sich und der Welt. Man sieht in ihr mehr als in der einsprachigen Lilie.

Von einer Sprache zur anderen passieren Verwandlungen. Die Sicht der Muttersprache stellt sich dem anders Geschauten der fremden Sprache. Die Muttersprache hat man fast ohne eigenes Zutun. Sie ist eine Mitgift, die unbemerkt entsteht. Von einer später dazugekommenen und 25 anders daherkommenden Sprache wird sie beurteilt. Im einzig Selbstverständlichen blinkt auf einmal das Zufällige aus den Wörtern. Die Muttersprache ist fortan nicht mehr die einzige Station der Gegenstände, das Muttersprachenwort nicht mehr das einzige Maß der Dinge. Ja sicher, die Muttersprache bleibt unverrückbar, was sie einem ist. Im großen Ganzen glaubt man ihrem Maß, auch wenn dieses vom Geschau der dazukommenden Sprache relativiert wird. Man weiß, dieses wenn auch zufällige, so doch instinktive Maß ist das Sicherste und Notwendigste, das man hat. Es steht dem Mund gratis zur Verfügung, ohne bewußt gelernt worden zu sein. Die Muttersprache ist momentan und bedingungslos da wie die eigene Haut. Und genauso verletzbar wie diese, wenn sie von anderen geringgeschätzt, mißachtet oder gar verboten wird. Wer wie ich in Rumänien aus dem Dialektdorf mit dürftigem Schulhochdeutsch nebenher in die Landessprache der rumänischen Stadt kam, hatte es schwer. Während der ersten zwei Jahre in der Stadt war es meist leichter für mich, in unbekannter Gegend die richtige Straße zu finden, als in der Landessprache das richtige Wort. Das Rumänische verhielt sich zu mir wie mein Taschengeld. Kaum lockte mich ein Gegenstand im Laden, schon reichte mir das Geld nicht, ihn zu bezahlen. Was ich sagen wollte, mußte bezahlt werden mit entsprechenden Worten, und viele kannte ich nicht, und die wenigen, die ich kannte, fielen mir nicht rechtzeitig ein. Aber heute weiß ich, daß dieses Nach und Nach, das Zögerliche, das mich unter das Niveau meines Denkens zwang, mir auch die Zeit gab, die Verwandlung der Gegenstände durch die rumänische Sprache zu bestaunen. Ich weiß, daß ich von Glück zu reden habe, weil das geschah. Welch ein anderer Blick auf die Schwalbe im Rumänischen, die *rîndunica*, die REIHENSITZCHEN heißt. Wieviel mehr ist darin als im deutschen Wort. Im Vogelnamen wird mitgesagt, daß die Schwalben in schwarzen Reihen, eine dicht an der anderen, auf dem Draht sitzen. Ich hatte es, als ich das rumänische Wort noch nicht kannte, jeden Sommer gesehen. Ich staunte, daß man die Schwalbe so schön benennen kann.

Es wurde immer öfter so, daß die rumänische Sprache die sinnlicheren, auf mein Empfinden besser passenden Wörter hatte als meine Muttersprache. Ich wollte den Spagat der Verwandlungen nicht mehr missen. Nicht im Reden und nicht im Schreiben. Ich habe in meinen Büchern noch keinen Satz auf Rumänisch geschrieben. Aber selbstverständlich schreibt das Rumänische immer mit, weil es mir in den Blick hineingewachsen ist.

Es tut keiner Muttersprache weh, wenn ihre Zufälligkeiten im Geschau anderer Sprachen sichtbar werden. Im Gegenteil, die eigene Sprache vor die Augen einer anderen zu halten führt zu einem durch und durch beglaubigten Verhältnis, zu einer unangestrengten Liebe. Ich habe meine Muttersprache nie geliebt, weil sie die bessere ist, sondern die vertrauteste.

Das instinktive Vertrauen in die Muttersprache kann leider durchkreuzt werden. Nach der Vernichtung der Juden im Nationalsozialismus mußte Paul Celan damit leben, daß seine deutsche Muttersprache die Sprache der Mörder seiner Mutter war. Auch in dieser kalten Schneise hat Celan sie nicht abschütteln können. Denn im allerersten Wort, das Celan beim Sprechenlernen sagte, saß diese Sprache schon drin. Sie war das in den Kopf gewachsene

Sprechen und mußte es bleiben. Auch als sie nach den Schornsteinen der Konzentrationslager roch, mußte Celan diese Sprache als intimsten Zungenschlag zulassen, obwohl er zwischen dem Jiddischen, Rumänischen und Russischen aufgewachsen war und das Französische zu seiner Alltagssprache wurde. Ganz anders dagegen bei Georges-Arthur Goldschmidt. Er hat sich nach der Judenvernichtung der deutschen Sprache verweigert, Jahrzehnte auf französisch geschrieben. Aber vergessen hat er das Deutsche nicht. Und seine letzten, auf deutsch geschriebenen Bücher sind so virtuos, daß die meisten in Deutschland geschriebenen Bücher matt danebenstehen. Man kann auch sagen, Goldschmidt wurde die Muttersprache für lange Zeit geraubt.

Viele deutsche Schriftsteller wiegen sich in dem Glauben, daß die Muttersprache, wenn's darauf ankäme, alles andere ersetzen könnte. Obwohl es bei ihnen noch nie darauf angekommen ist, sagen sie: SPRACHE IST HEIMAT. Autoren, deren Heimat unwidersprochen parat steht, denen zu Hause nichts Lebensbedrohliches zustößt, irritieren mich mit dieser Behauptung. Wer als Deutscher SPRACHE IST HEIMAT sagt, steht in der Pflicht, sich mit denen in Beziehung zu setzen, die diesen Satz geprägt haben. Und geprägt haben ihn die Emigranten, die Hitlers Mördern durch Flucht entkommen waren. Auf sie bezogen, schrumpft SPRACHE IST HEIMAT zu einer blanken Selbstvergewisserung. Er bedeutet lediglich: »Es gibt mich noch.« SPRACHE IST HEIMAT war den Emigranten in einer aussichtslosen Fremde das in den eigenen Mund gesprochene Beharren auf sich selbst. Leute, deren Heimat sie nach Belieben kommen und gehen läßt, sollten diesen

Satz nicht strapazieren. Sie haben sicheren Boden unter den Füßen. Aus ihrem Mund kommend, blendet der Satz alle Verluste der Geflohenen aus. Er suggeriert, daß Emigranten vom Zusammenbruch der Existenz, von der Einsamkeit und dem für immer zerbrochenen Selbstverständnis absehen könnten, da die Muttersprache im Schädel als tragbare Heimat alles wettmachen kann. Man kann nicht, man muß seine Sprache mitnehmen. Nur wenn man tot wäre, hätte man sie nicht dabei – aber was hat das mit Heimat zu tun.

Ich mag das Wort »Heimat« nicht, es wurde in Rumänien von zweierlei Heimatbesitzern in Anspruch genommen. Die einen waren die schwäbischen Polkaherren und Tugendexperten der Dörfer, die anderen die Funktionäre und Lakaien der Diktatur. Dorfheimat als Deutschtümelei und Staatsheimat als kritikloser Gehorsam und blinde Angst vor der Repression. Beide Heimatbegriffe waren provinziell, xenophobisch und arrogant. Sie witterten überall den Verrat. Beide brauchten sie Feinde, urteilten gehässig, pauschal und unverrückbar. Beide waren sich zu schade, ein falsches Urteil jemals zu revidieren. Beide bedienten sich der Sippenhaft. Die Dorfleute spuckten mir nach meinem ersten Buch ins Gesicht, wenn sie mich auf den Stadtstraßen trafen – ins Dorf traute ich mich nicht mehr. Und im Dorf verkündete der Friseur meinem Großvater, diesem damals fast 90jährigen Mann, der seit Jahrzehnten allwöchentlich sein Kunde war, daß er ihn ab heut nicht mehr rasieren wird. Und die LPG-Bauern wollten nicht mehr mit meiner Mutter auf dem Traktor oder Pferdewagen fahren, straften sie in den endlosen Maisfeldern, ließen sie allein, weil sie diese verruchte Tochter 29 hatte. Aus anderen Gründen war sie in die gleiche Einsamkeit gestoßen wie ich als Kind. Und sie kam zu mir in die Stadt, versuchte mir im Weinen keine Vorwürfe zu machen und machte sie doch, wenn sie sagte: »Laß das Dorf in Ruhe, kannst du nicht über was anderes schreiben. Ich muß dort leben, du nicht.« Und die Staatsherren zerrten mich in der Stadt zum Verhör und beauftragten den Dorfpolizisten, meine Mutter einen ganzen Tag in sein Büro zu sperren. Ich ließ mir von meiner Familie nicht reinreden in das, was ich schreibe oder öffentlich sage. Ich sagte ihnen nicht, was ich tu, und sie fragten nicht danach. Ich wollte sie aus meinen Risiken heraushalten, deren Sinn sie sowieso nicht begriffen. Aber sie wurden in der Sippenhaft des Dorfes und des Staates in eine Verantwortung hineingezogen, die sie nicht hatten. Und ich fühlte mich schuldig und konnte nichts ändern, weder ihnen noch dem Staat gegenüber auch nur ein Wort zurücknehmen. War dieser Ort Heimat, nur weil ich die Sprache dieser beiden Heimatfraktionen kannte. Es war doch, gerade weil ich sie kannte, so weit gekommen, daß wir nie dieselbe Sprache sprechen wollten und konnten. Unsere Inhalte waren schon im kleinsten Satz unvereinbar.

Ich halte mich an einen Satz von Jorge Semprun. Er steht in seinem Buch »Federico Sánchez verabschiedet sich« und ist das Resümee des KZ-Häftlings und des in der Fremde hausenden Emigranten Semprun während der Franco-Diktatur. Semprun sagt: »Nicht Sprache ist Heimat, sondern das, was gesprochen wird.«[9] Er weiß um das minimale innere Einverständnis mit den gesagten Inhalten, das man braucht, um dazuzugehören. Wie sollte im Franco-Spanien das Spanische ihm Heimat sein. Die Inhalte der Muttersprache richteten sich gegen sein Leben. Sempruns Einsicht HEIMAT IST DAS, WAS GESPROCHEN WIRD denkt, statt am elendigsten Punkt der Existenz mit Heimat zu kokettieren. Und wie viele Iraner werden bis heute für einen einzigen persischen Satz ins Gefängnis geworfen. Und wie viele Chinesen, Kubaner, Nordkoreaner, Iraker können in ihrer Muttersprache keinen Augenblick zu Hause sein. Oder konnte etwa ein Sacharow mit dem Russischen, in Hausarrest gesperrt, Heimat haben.

Wenn am Leben nichts mehr stimmt, stürzen auch die Wörter ab. Denn alle Diktaturen, ob rechte oder linke, atheistische oder göttliche, nehmen die Sprache in ihren Dienst. In meinem ersten Buch über eine Kindheit im banatschwäbischen Dorf zensierte der rumänische Verlag neben all dem anderen sogar das Wort KOFFER. Es war zum Reizwort geworden, weil die Auswanderung der deutschen Minderheit tabuisiert werden sollte. Diese Inbesitznahme bindet den Worten die Augen zu und versucht, den wortimmanenten Verstand der Sprache zu löschen. Die verordnete Sprache wird so feindselig wie die Entwürdigung selbst. Von Heimat kann da nicht die Rede sein.

Im Rumänischen heißt der Gaumen MUNDHIMMEL, *cerul gurii*. Im Rumänischen klingt das nicht pathetisch. Auf Rumänisch kann man mit immer neuen, unerwarteten Wendungen in langen Verwünschungen fluchen. Das Deutsche ist in dieser Hinsicht regelrecht zugeknöpft. Oft habe ich mir gedacht, wo der Gaumen ein MUNDHIMMEL ist, gibt es viel Platz, Flüche werden unberechenbare, poetisch böse Tiraden der Verbitterung. Ein gelungener rumänischer Fluch ist eine halbe Revolution am Gaumen, sagte ich damals zu rumänischen Freunden. Darum muk- 31 ken die Leute in dieser Diktatur nicht auf, das Fluchen erledigt ihren Zorn.

Auch als ich längst fließend und fehlerfrei Rumänisch sprach, horchte ich immer noch mit Verblüffung den waghalsigen Bildern dieser Sprache hinterher. Die Worte gaben sich unscheinbar, versteckten jedoch treffsicher politische Haltungen. Es waren Geschichten in manch einem Wort, die sich erzählten, ohne gesagt werden zu müssen. Das Land war, wie es die Armut überall mit sich bringt, voller Kakerlaken. Und die Kakerlaken hießen RUSSEN, die nackten Glühbirnen ohne Schirm RUSSISCHER KRONLEUCHTER, die Sonnenblumenkerne RUSSISCHES KAUGUMMI. Die gewöhnlichen Leute positionierten sich täglich gegen den Großen Bruder durch pfiffige, verächtliche Sprachspiele. Die Sinnzusammenhänge blieben verdeckt, wirkten um so spöttischer. Als in den Läden nur noch geräucherte Schweinsfüße mit Klauen statt Fleisch zu kaufen waren, gab man ihnen den Namen TURNSCHUHE. Diese Art der hochgradig politischen Äußerung ließ sich nicht unterbinden. Die Armut war die Ausstattung des täglichen Lebens. Machte man sich über armselige Gegenstände lustig, war dies ja auch Spott über sich selbst. Es lagen aber deutlich die Sehnsüchte in diesem Spott, und daher war er charismatisch. Mit Ausnahmen: An einem Leichtindustrie-Gymnasium, an dem ich eine Weile unterrichtete, nannte ein Lehrer die Schüler, wenn er sie aufrief: Aggregat. Aggregat Popescu. In der Maschinenbaufabrik war ein Zwerg Bote, er transportierte die Akten, weil die drei Fabrikabteilungen in der Stadt verstreut waren. Wenn er an der Tür klopfte, sah man ihn nicht, sein Kopf reichte nicht bis zur Glasscheibe hinauf.

Er hieß in der Fabrik: HERR IST-NICHT-DA. Oder Zigeuner, die das Elend der Lehmhütten hinter sich gelassen hatten und es zum Heizer oder Schlosser in der Fabrik gebracht hatten, hießen verächtlich SEIDENZIGEUNER.

Den schlagfertigen, schier lückenlosen Humor in der Diktatur rundum zu bewundern heißt auch, seine Entgleisungen zu verklären. Wo Humor aus der Aussichtslosigkeit kommt, seinen Esprit aus der Verzweiflung bezieht, verschwimmen die Grenzen zwischen Amüsement und Entwürdigung. Humor braucht Pointen, und nur weil diese gnadenlos sind, funkeln sie. Sie funkeln verbal. Es gab Leute, denen zu allem ein Witz einfiel, sie waren schlagfertig, beherrschten Varianten und Kombinationen, sie waren auf Witze trainiert, Profis im Witzereißen. Aber lückenlos praktiziert, rutschten viele ihrer Witze in den schäbigsten Rassismus. Sie machten Menschenverachtung zur Unterhaltungsform. Ich habe es manchmal beobachtet, bei Kollegen in der Fabrik, die stundenlang Witze am Stück erzählen konnten, daß dieses Gedächtnis sich nicht nur im verbalen Funkeln trainierte, sondern auch durch das Herabsehen auf alle und alles, was sie umgab. Die Arroganz, die notgedrungen in den Pointen sitzt, wurde zur unreflektierten Gewohnheit. Die Witzereißer litten an einer Berufskrankheit, sie waren deformiert, verfehlten das Ziel, ohne es zu merken. So gingen mit den subversiven, gegen die verbrecherische Staatsmacht gerichteten Witzen auch die rassistischen einher. Man hätte bei jedem versierten Witzerzähler, den ich in der Fabrik kannte, eine Statistik machen können, auf wie viele subversive Witze ein rassistischer entfiel.

Genauso ist es mit Redewendungen oder glatt gereim- 33

ten Sprüchen, deren Singsang sich sofort einprägt, so geschlossen daherkommt, daß nichts daran stutzig macht,
sondern sich zur Wiederholung anbietet. Auch die Werbung in der freien Marktwirtschaft nutzt den Witzeffekt
von Sätzen und Bildern. Als ich nach Deutschland kam,
erschrak ich vor der Werbung einer Umzugsfirma, die
sagt: »Wir machen Ihren Möbeln Beine.« Ich kenne Möbel
mit Beinen als bewußt gesetzte Zeichen der Geheimpoli-
zei. Ich kam nach Hause, und der Zimmerstuhl war in
meiner Abwesenheit in die Küche gegangen. Das Bild
von der Wand war quer durchs Zimmer aufs Bett gefallen.
Zur Zeit gibt es an den Bushaltestellen in Berlin ein Plakat
mit einem Frauenhals, in dem zwei frische Schußlöcher
sind. Aus dem unteren Loch quillt ein Blutstropfen. Es ist
Werbung fürs Internet. Auf einem anderen Plakat tritt ein
Stöckelschuh auf eine Männerhand. Ich kann nicht anders,
ich nehme die Bilder ernst, sie sind unnötige und daher
gemeinste Verletzung, grundloser Übergriff. Ein schnippi-
sches Spiel mit Folter und Mord. Was hat es mit der
Schönheit eines Schuhs zu tun, daß er auf einer Men-
schenhand steht. In meinen Augen degradiert eine Firma
auf diese Weise ihr Produkt. Ich könnte mir den zierlichen
Plakatschuh wegen der mitgelieferten Geschichte über
eine zertretene Hand nicht kaufen. Die zertretene Hand
läßt sich von dem Schuh nie mehr trennen. Sie ist sogar
größer als der Schuh, drangsaliert mein Gedächtnis. Die
Farben und Nähte des Schuhs sind weg, aber die Hand, auf
die getreten wird, ist klar im Kopf geblieben. Ich muß das
Plakat nie wieder ansehen und kann dennoch genau zeigen, wie der Mann die Hand liegen hat, wenn drauf getre-
34 ten wird. Die Wahl des Gedächtnisses wundert mich

nicht, sie ist, wie sie zu sein hat: vor der Brutalität verliert jede Schönheit ihren Eigensinn, sie stülpt sich ins Gegenteil, wird obszön. So ist es mit schönen Menschen, die andere mißhandeln, mit schönen Landschaften, in denen menschliches Elend haust, und so ist es auch mit Eidechsschuhen auf dem Asphalt, auch wenn mir das Klippklapp schöner Schuhe den Kopf verdreht. Die Werbung für den Schuh belästigt mich mit der Erinnerung an konkrete Menschen, die in der Diktatur gequält wurden, die ich zerbrechen sah. Dieser grazile Eidechsschuh auf dem Plakat, für mich ist er zu allem bereit. Er könnte nie mein eigener werden, nicht einmal geschenkt könnte ich ihn annehmen. Ich wäre mir nie sicher, daß dieser Schuh seine Gewohnheit, auf Hände zu treten, nicht doch wiederholt, ohne daß ich es merke.

Ausdenken kann sich diese Werbung nur, wer sich keinen Augenblick klar macht, daß Gewalt weh tut und Menschen verstümmelt. Einen Schuh mit dieser Geschichte zu befrachten ist keine Verfeinerung der Ästhetik, sondern ihre Unterwanderung durch Brutalität. Die Größe und Stille solcher Werbeplakate ist ein Alltagsprogramm für die Augen. Die Plakate verleumden ihr Produkt in der Absicht, es zu überhöhen. Die Stille und Größe dieser Plakate nisten im Schädel. Beim Warten auf den Bus, beim Vorbeischieben eines Kinderwagens, beim Vorbeitragen einer Einkaufstüte senkt sich täglich die so wichtige Schwelle, ab wann etwas jemand anderem weh tut. So still wie die Plakate rutscht das Erkennen von Brutalität unter das aufrechtzuerhaltende zivile Maß. Während die Plakate vor meinen Augen insistieren, würde ich die Werbe- und Schuhmacher gerne fragen: Könnt ihr verant- 35 worten, wohin ihr euch begebt, wo ist bei euch das Ende des Eidechsschuhs?

Ich nehme mir täglich vor, die Plakate zu ignorieren, und schau dennoch hin. Auf zynische Weise funktioniert also bei mir die Werbung sehr gut. Nur die Folgen sind umgekehrt. Mit Kunden wie mir, die den Eidechsschuh so gerne hätten, wenn er durch diese Werbung nicht kompromittiert wäre, rechnet man nicht. Ich fürchte, die Plakatmacher sind nicht ahnungslos, sondern realistisch: die meisten Kunden denken sich bei den Plakaten nichts Böses, werden nicht abspenstig, sondern zum Kaufen animiert. Auf die paar, die aufs Ernstnehmen zurückgeworfen sind, kann man getrost verzichten.

Ich habe meinen Vater oft, bevor er aus dem Haus ging, auf seine Schuhe spucken und die Spucke mit einem Lappen zerreiben sehen. Die bespuckten Schuhe glänzten. Spucke tat man auf Mückenstiche, auf Dornenstiche, auf Brandwunden, auf die aufgeschürften Ellbogen und Knie. Mit Spucke rieb man die Dreckspritzer an den Strümpfen und Mantelsäumen ab oder den Dreck von der Haut. Als Kind dachte ich: Spucke ist für alles gut. Im Sommer ist sie kühl auf der Haut, im Winter warm. Dann hatte ich über den Disziplinsdrill der SS und Wehrmacht gelesen. Glänzende Stiefel gehörten dazu. Und ich dachte, wenn mein Vater auf die Schuhe spuckte: Das hat er bei den Nazis gelernt. Es zeigt sich eben in den unbedachten Kleinigkeiten am besten, daß der SS-Soldat in ihm steckt. Da wußte ich schon von Freunden, die vor dem Studium in der rumänischen Armee Soldat sein mußten, in dieser verlotterten Armee herrschte auch der Wahn des Schuhputzens. Die

36 Soldaten hatten zwar bei den Manövern keine Kugeln

zum Üben, da diese zu teuer waren, aber sie hatten Spucke im Mund. Je weniger das Schießen geübt werden konnte, um so mehr wurde das Schuhputzen geübt. Schuhcreme gab es keine im Land. Ein Freund, der Bratschenspieler war, mußte drei Tage lang die Schuhe der Offiziere putzen, bis sein Hals vom vielen Spucken völlig trocken und seine Hände so voller Blasen waren, daß er die folgenden Wochen nicht Bratsche üben konnte.

Erst vor kurzem las ich was ganz anderes mit Soldaten und Spucke. Peter Nádas schreibt über den Einmarsch der ungarischen Armee zusammen mit den Streitkräften des Warschauer Paktes 1968 in die Tschechoslowakei, als der Prager Frühling niedergeschlagen wurde, daß »die Scheibenwischer der ungarischen Militärfahrzeuge auf der Fahrt nach Prag vor lauter Bespuckung auf den Windschutzscheiben nicht mehr funktionierten, und die ungarischen Soldaten dahinter zitterten und weinten …«[10]. Spucke als Waffe der Zivilen gegen eine Armee.

In der Dorfsprache sagte man, wenn das Kind dem Vater oder der Mutter sehr ähnelte: Das Kind ist dem Vater (der Mutter) wie aus dem Gesicht gespuckt. Der Landstrich, aus dem ich komme, muß ein seltsam unbefangenes Verhältnis zur Spucke gehabt haben, anders wäre diese an und für sich beleidigende Redewendung nicht als sachliche, sogar freundliche Aussage empfunden worden. Aber in derselben Gegend hieß es auch von einem Menschen: Der ist schlecht wie Spucke. Und es war in diesem knappen Satz die übelste Beschimpfung, die man über jemanden äußern konnte. Spucken und Reden haben miteinander zu tun. Wie Nádas' Beispiel zeigt, fängt das Spucken dort an, wo kein Wort mehr reicht, die Verachtung auszudrücken.   37

Jemanden zu bespucken überbietet jede Beschimpfung. Bespucken ist eine harte, körperliche Auseinandersetzung.

Da im Rumänischen wie in den meisten lateinischen Sprachen fast alles geschmeidig ist im Klang und ein Wort schnell im Reim aufs andere fliegt, gab es keine Situation, die nicht ihren Reim, ihren Spruch, ihre Redewendung hatte. Glatte Äußerungen begleiteten Stürze und Brüche durch den Tag. Man mußte wie bei den Witzen zweimal horchen und entscheiden, ob man sich das zu eigen macht oder nie in den Mund nimmt. »Ein Zigeuner ist von weitem ein Mensch«, hieß es genauso oft, wie es im Frühjahr hieß: »Jetzt wird jeder Tag um einen Hahnenfuß länger«, wenn es immer länger hell blieb, oder im Herbst: »Jetzt wird jeder Tag um einen Hahnenfuß kürzer.« Die Phantasie der Redewendungen pendelt in jeder Sprache zwischen der Ohrfeige und der Samtpfote der Worte.

Ein Bekannter aus Süddeutschland erzählte mir eine Geschichte aus dem Nachkriegsdeutschland seiner Kindheit. Die an langen Zündschnüren aufgefädelten Knallkörper, die an Sylvester auch kleine Kinder in die Nacht werfen, heißen JUDENFÜRZE. Er verstand, wenn er den Ausdruck hörte, immer JUDOFÜRZE, glaubte, der Name der Knaller habe mit JUDO, dem Sport, zu tun. Bis er siebzehn war, glaubte er das und hat in all diesen Jahren zu Hause und im Laden, beim Kauf der Knaller, JUDOFÜRZE verlangt. Es haben ihn in all der Zeit weder Vater und Mutter noch ein einziger Verkäufer korrigiert. Er habe sich, sagte der Bekannte, als er den wirklichen Namen der Knaller entdeckte, für jeden geplatzten Sylvesterknaller nachträglich vor sich selber geschämt. Sein Vater sei schon tot gewesen, als er den antisemitischen Namen mitgekriegt hatte. Seine Mutter lebt heute noch, sagte er, aber er sei bis zum heutigen Tage nicht imstande gewesen, sie zu fragen, wie sie nach Auschwitz zu Sylvesterknallern immer noch ungeniert JUDENFÜRZE sagen konnte. Warum er seine Mutter nicht fragen könne, wollte ich wissen. Er zuckte die Schultern.

Sprache war und ist nirgends und zu keiner Zeit ein unpolitisches Gehege, denn sie läßt sich von dem, was einer mit dem anderen tut, nicht trennen. Sie lebt immer im Einzelfall, man muß ihr jedesmal aufs neue ablauschen, was sie im Sinn hat. In dieser Unzertrennlichkeit vom Tun wird sie legitim oder inakzeptabel, schön oder häßlich, man kann auch sagen: gut oder böse. In jeder Sprache, das heißt in jeder Art des Sprechens sitzen andere Augen.

Der König verneigt sich und tötet

Oft werde ich gefragt, warum in meinen Texten so oft der König und so selten der Diktator vorkommt. Das Wort »König« klingt weich. Und oft werde ich gefragt, warum in meinen Texten so oft der Friseur vorkommt. Der Friseur mißt die Haare, und die Haare messen das Leben.

Im Roman »Der Fuchs war damals schon der Jäger« fragt ein Kind den Friseur: »Wann stirbt der Mann, der die Katze weggeworfen hat. Der Friseur steckte eine Handvoll Bonbons in seinen Mund, wenn von einem Mann so viele Haare geschnitten sind, daß sie einen Sack füllen, sagte er, einen gestampften Sack. Wenn der Sack so schwer ist wie der Mann, dann stirbt der Mann. Ich stecke die Haare aller Männer in einen Sack, bis der Sack gestampft voll ist, sagte der Friseur. Ich wiege die Haare nicht mit der Waage, ich wiege sie mit den Augen.«[11]

Der Friseur, das Haar und der König fanden zusammen, lange bevor ich den Diktator kannte und bevor ich zu schreiben anfing.

Als der König lebte glich er einem Hund und einem Kalb
und als er starb klebte ihm die Krone halb Galle halb
　　Melone
unterm Haar alle Sommerregen lassen ihre Schleichengel
zwischen die Maisstengel jeder ein Leibwächter
der mal beim König war

In das abgelegene Dorf, in dem ich aufwuchs, führte keine
Asphaltstraße, nur verrumpelte Staubwege. Aber der König fand hin, sonst wär er mir dort nicht begegnet. Er hatte
nichts zu tun mit den Königen aus den Märchen, ich hatte
keine Märchenbücher. Er setzte sich aus wirklichen, weil
erlebten Dingen zusammen. Er kam aus dem Schachspiel
meines Großvaters, und das Schachspiel hatte mit seinem
Haar zu tun. Im Ersten Weltkrieg war mein Großvater
Soldat, kam in Kriegsgefangenschaft und schnitzte sich
dort ein Schachspiel.

Dem Kriegsgefangenen fielen die Haare büschelweise
aus, und der Kompaniefriseur behandelte ihm die Kopfhaut
mit dem Saft zerriebener Blätter. Der Friseur hatte eine
Leidenschaft, er spielte, wann immer und wo immer es
ging, Schach. Er hatte sein Schachspiel von zu Hause mit
in den Krieg genommen. In den Frontwirrnissen waren
dem Friseur jedoch sieben Schachfiguren verlorengegan-
gen. Beim Spielen mußten sie ersetzt werden durch Brotrinde, Vogelfedern, Aststückchen oder Steinchen. Als die
Haare meines Großvaters nach einigen Wochen Behand-
lung dichter und dunkler nachwuchsen, als sie jemals waren, überlegte er, wie er dem Friseur dafür danken könnte.
Da fielen ihm auf dem Gefangenengelände zwei Bäume
auf, der eine mit wachshellem, der andere mit sehr rotdunk-

lem Holz. Er schnitzte daraus die fehlenden Schachfiguren und schenkte sie dem Friseur. So fing das an, sagte er mir. Das Schnitzen hatte ihm die Figuren zu nahe gebracht, sagte er, es kam ihm wie ein Versäumnis vor, daß er ihre Rolle auf dem Schachbrett nicht kannte. Er lernte Schach spielen. Das verkürzte nicht nur die Ödnis langer Wartetage, es gab auch Halt, man hatte beim Spiel den Kopf und die Finger wenn schon nicht im richtigen Leben, so doch in einer Variante davon. Man lebte sich aus der herausgerissenen Zeit, in der man saß, zurück in die Erinnerung ans Zuhause von damals und voraus in die Hoffnung, bald heimzukehren. Und dies, ohne sich erwähnen zu müssen, man war in die Schachfiguren geschlüpft. Die Zeit des Spiels trug einen, sagte er, man mußte sie nicht so leer, wie sie war, ertragen. Nach der Kriegsgefangenschaft kehrte mein Großvater ins Dorf zurück, wie beim Kompaniefriseur war das Schachspielen auch bei ihm zur Leidenschaft geworden.

Die Übung im Schnitzen der sieben Figuren und die langsame Zeit, sagte er, zwangen ihn, mit den Händen weiter zu arbeiten. Holz gab es an den Bäumen noch genug, er schnitzte für sich selbst ein komplettes Schachspiel. Zuerst die Bauern, sagte er, weil er vor dem Krieg ein Bauer war und weil er nach Hause und wieder Bauer sein wollte.

Er hatte, als er mir das erzählte, längst ein ordentliches, aus dem Laden gekauftes Schachspiel. Mit dem selbstgeschnitzten, von dem vier Figuren fehlten, durfte ich spielen. Von all seinen Figuren gefielen mir am besten die zwei Könige, der wachsweiße und der rotdunkle. Das Holz war mit der Zeit alt und dreckig geworden, grauweiß und dunkelbraun, wie sonnendürre und regennasse Erde. Alle

Figuren waren rissig und wackelig, keine glich der anderen. Das beim Schnitzen frische Holz dorrte in jeder Figur, wie es wollte. Am schiefsten, vorne bauchig und hinten bucklig, regelrecht gebrechlich, waren aber die Könige. Sie torkelten, weil auf dem Kopf die Krone schief und viel zu groß war. Mein Großvater spielte Jahrzehnte lang jedes Wochenende Schach. Erst als seine Schachspielfreunde alle der Reihe nach gestorben waren, spielte er, um Gesellschaft zu haben, sonntags Karten. Dann aber hatte er wieder Glück. Wie jedes Jahr besuchte er alle paar Wochen seine Schwester, die ins Nachbardorf geheiratet hatte. Und bei einem dieser Besuche traf er in diesem Dorf einen »seriösen« Schachpartner, wie er sagte. Seither fuhr er jeden Mittwoch mit dem Zug ins Nachbardorf zum Schachspielen. Oft durfte ich mitfahren. So wie in unserem Dorf nur Deutsche wohnten, wohnten im Nachbardorf nur Ungarn. Der Mann meiner Großtante war Ungar und Tischler. Und der seriöse Schachpartner war auch Ungar. Mein Großvater konnte im Schachspiel zwei Leidenschaften auf einmal ausleben, denn seine zweite Leidenschaft war, ungarisch zu sprechen. Ich durfte mitfahren, damit ich, während er Schach spielte, ungarisch lernte.

Der Schwager des Großvaters, der Tischler, trug einen Kittel, der war aus Holzmehl, nur unter den Armen sah man braunen Stoff. Und er trug eine Baskenmütze aus Holzmehl und Schläfen und Ohren aus Holzmehl und einen dicken Schnurrbart aus Holzmehl. Er machte Möbel, Fußböden, Türen, Fenster, Kinderwagen, die man mit Holzrollos schließen konnte, er machte kleine Gegenstände wie Kleiderbügel, Hackbretter, Kochlöffel und – er machte Särge.

Nach dem Fall der Mauer waren in der deutschen Presse immer wieder Beispiele für die offizielle Sprachregelung der DDR zu lesen. Wortmonster, wenn man sie laut und korrekt im eigenen Mund wiederholte, wurden sie unfreiwillig komisch – vermurkst im Aufbau, verkorkst im Inhalt. »Jahresendflügelfiguren« hießen die Christbaumengel, »Winkelemente« die Fähnchen, die vor den Tribünen geschwenkt wurden, »Getränkestützpunkte« hießen die Getränkeläden. Aber zwei dieser DDR-Worte kamen mir vertraut vor, erinnerten mich an die Besuche bei dem Tischleronkel. Das eine war der Sarg, der auf DDR-Deutsch »Erdmöbel« hieß. Das andere war der Name der Stasi-Abteilung, die sich um Fest- und Todestage der Bonzen kümmerte, sie hieß »Abteilung Freud und Leid«. »Jahresendflügelfigur«, um das Wort »Engel« zu meiden. »Winkelement«, um das Wort »Fähnchen« zu meiden, denn so ein Diminutiv hätte die Fahne gekränkt. »Getränkestützpunkt« stärkt den Laden militärisch, vielleicht stillten die Bonzen ihren »Durst nach Freiheit« aus der Flasche. In diesen Begriffen hat sich eine plumpe, klangtaube Ideologie Wortkarikaturen geschaffen. Gar nicht komisch klangen für meine Ohren »Erdmöbel« und die Stasiabteilung »Freud und Leid«. In diesen Wortgebilden hört man die Angst vor dem Tod. Denn der Tod war durch die hohe Position im Staat nicht zu bändigen, er durchbrach die Schranke zwischen Nomenklatura und Fußvolk. Das Wissen um ihn, dem man individuell und gleichgestellt mit den »Normalos« vorgesetzt wird, ließ die kollektive Ewigkeit der Herrscherclique offenbar nicht gleichgültig. Sie duckte sich an diesem einzigen Schwachpunkt ihrer

Macht, der zwischen sozialistischen Helden und Staatsfeinden keinen Unterschied machte, sich jeden ganz privat vornahm, ohne daß ein Marx und Lenin, noch ein Honecker und Mielke helfen konnten. In der marxistischen Sprachschöpfung »Erdmöbel« statt Särge ist Gott gleichsam drinnen und draußen, er wird verneint und mitgedacht in einem. Es geht zwar nicht um »Auferstehung«, aber dennoch wird eine Art Trost in den Tod projiziert, ein Weiterleben danach. Man kriegt sein Erdmöbel und wohnt in seinem Zimmer unter der Erde. So gesehen ist es nur logisch, daß dem einbalsamierten Lenin auf dem Roten Platz eine Villa zusteht, während gewöhnliche Leute auf dem Friedhof mit einer Garçonnière zurechtkommen müssen.

Der ungarische Tischler mit dem Holzmehlkittel setzte das Wort »Erdmöbel« in die Praxis um, ohne das DDR-Deutsch zu kennen. Aus der Pragmatik seiner Arbeit wurde der Sarg in seinem Haus ein Möbel, das, wenn jemand tot hineingelegt wurde, in die Erde kam. Alle seine Tischlereiprodukte standen durcheinander, so wie es der Platz in der Werkstatt verlangte: ein fertiger Kinderwagen neben, über, unter oder sogar in einem fertigen Sarg. Das Holz zeigte mir dort in der Werkstatt alle Stationen zwischen dem Geborenwerden und Sterben auf. Die Lebenszeit lag da als Arme voller Kochlöffel, Hackbretter, Kleiderbügel. Zwischen Schränken, Nachtkästchen, Betten, Stühlen und Tischen sahen die Särge so gewöhnlich aus, wirklich Möbel für die Erde. Es duckte sich nichts, klarer als in Worten ausgesprochen lagen Gegenstände da. Sie brauchten kein Gerede über Leben und Tod, sie waren das, was man zum Leben und zum Sterben braucht.

Für mich war der Tischler ein Alleskönner. In meinen

Augen machte er die Welt. Mir wurde klar, sie ist nicht aus wandernden Himmeln und grasigem Maisfeld, sondern aus immergleichem Holz. Er konnte überall Holz hinstellen gegen die fliehenden Jahreszeiten, sowohl gegen die nackten als auch gegen die grasigen Jahreszeiten der Erde. Hier stand das Panoptikum der Sterbetage als glattpoliertes, kantiges Material. Eine Klarheit in gedeckten Farben von Dreckigweiß über Honiggelb bis zu Dunkelbraun, Farben, die nicht mehr wanderten, sondern nur um einen Stich in sich selber dunkler wurden, statt als Landschaft zu flattern und sich zu vergeuden. Sie hatten eine stumme Beschaffenheit, eine ruhige Bestimmtheit. Sie ängstigten mich nicht, hielten beim Anfassen so still, daß ihre Ruhe sich in mir breitmachte. Während die Jahreszeiten in der Gegend draußen eine die andre drängelten und am Ende fraßen, traten diese Särge in der Werkstatt dem Fleisch nicht zu nahe. Sie nahmen sich Zeit und warteten, waren für die Toten lediglich das letzte Bett, damit man sie wegbringen konnte. Der Tischler hatte auch eine Nähmaschine, er nähte zu den Särgen auch Totenkissen. »Weißer Damast«, sagte er, »gefüllt mit Hobelschatten, wie für einen König.« Diese langen, aus dem Hobel fallenden Holzlocken hießen nicht »Holzspäne«, sondern »Hobelschatten.« Mir gefällt dieses Wort. Mir gefiel damals schon, daß nicht Laub, Stroh oder Sägemehl die Kissen der Toten füllten – nur der Schatten, der von den lebenden Baumkronen noch im Holz war und wieder herausfiel, wenn man das Holz zerschnitt. Alexandru Vona schreibt in seinem Roman »Die vermauerten Fenster«: »Wenn man die Wahrheit erfahren will, muß man diese Wörter herausfinden, die sich unter die anderen gemischt haben, welche uns nichts angehen.«[12] »Hobelschatten« ist für mich so ein Wort.

Die Hobelschatten knisterten und rochen bitter. Während mein Großvater auf der Veranda Schach spielte, machte ich mir in der Werkstatt aus den kurzen Hobelschatten Perücken. Und aus den langen Kringeln Gürtel, Rüschen und Schals. In einer großen Schachtel lagen goldene Buchstaben, sie rochen stechend scharf nach Lack. Aus ihnen stellte der Tischler die Namen der Toten zusammen und klebte sie auf den Sargdeckel. Ich machte mir daraus Ringe, Halsketten und Ohrgehänge. Heute würden mich die Hobelschatten und Buchstaben erschrecken. Aber damals hatte ich so viele Tote gesehen, die ich als Lebende gut kannte, ihre Stimmen und Gangarten. Ich wußte jahrelang, was sie anziehen und essen, wie sie die Erde umgraben und wie sie tanzen. Eines Tages lagen sie dann im Sarg, waren dieselben, nur reglos und auf den letzten Besuch erpicht. Nur noch einmal wollten sie wichtig sein, in der geschnitzten Kutsche wie in einer fahrenden Veranda mit Musik durchs Dorf schaukeln. Gott hatte von ihnen sein Material zurückverlangt, die Gegend hatte sie mit der Jahreszeit mitgefressen. Ich dachte kaum an sie, wenn ich mich mit den goldenen Buchstaben behängte. Ich bewunderte den Tischleronkel, weil er dafür sorgte, daß die Toten Deckelbetten mit goldenem Namen und Damastkissen mit Hobelschatten kriegen, daß sie weggetragen werden. Manche Särge standen dicht und senkrecht an der Wand wie Zäune. Manche standen waagrecht mit Hobelschatten gefüllt auf dem Fußboden. Kein einziges Mal wurde, wenn ich zu Besuch war, ein Name aus goldenen Buchstaben geklebt, ein Kissen genäht und mit Hobelschatten gefüllt, ein Sarg verkauft. Mittags brachte die Frau des Tischlers das Essen, stellte es, damit der Topf länger warm bleibt, in die Hobelschatten eines Sargs.

In der Werkstatt Hobelschatten und weiße Damastkissen wie für einen König, und überm Schachbrett runzelte mein Großvater die Stirn und mahlte mit den Backenknochen. Mal war er, mal sein Partner schachmatt mit dem König. Und auf der kurzen Fahrt mit dem Spätzug nach Haus hatte der Himmel die stürzend grelle Abendfarbe, die mit sonst nichts zu vergleichen ist. Der Mond hing wie ein Hufeisen oder eine Aprikose, auf den Dächern fuhren Wetterhähne in die Gegenrichtung des Zugs und wie lauter Schachfiguren. Einige glichen dem König. Tags darauf trugen auch die Hühner im Gras Kronen, nicht Kämme. Ich mußte jede Woche mittwochs und samstags ein Huhn schlachten. Ich tat es wie jede andere Arbeit, sachkundig und gefühllos, wie Kartoffeln schälen oder Staub putzen, wie eine Arbeit, die man fürs ganze Leben gelernt hat. Es war Frauenarbeit. Kein Huhn quälen, kein Blut sehen können, das gab es nicht. Höchstens bei Männern, beim Rasieren. Und ganz selten bei Frauen, die – so hieß es – nichts taugten. Vielleicht hätte ich später nichts mehr getaugt, damals taugte ich.

Ich träumte nur irr durcheinandergebaute Sachen: Ich schneide das Huhn auf, und sein Bauch ist eine Schatulle voller Schachfiguren, rote und blaue statt weiße und schwarze. Sie sind ganz trocken und hart, man hätte sie rasseln hören müssen, als das Huhn noch durchs Gras lief. Ich hol die Schachfiguren aus dem Bauch und stell sie der Farbe nach in zwei Reihen. Es gibt nur einen König, er torkelt, verneigt sich. Er ist grün und wird, während er sich verneigt, rot. Ich halte ihn in der Hand und spür, wie sein Herz klopft. Er hat Angst, und darum beiße ich hinein. Er ist innen gelb und weich, hat süßes Fleisch wie eine Aprikose, ich esse ihn.

Die Dinge hatten einzeln ihren König, aber die einzelnen Könige blinkten, wo sie auftraten, zu den anderen Königen. Die Könige verließen ihre Gegenstände nicht, doch sie kannten einander, trafen sich in meinem Kopf und gehörten dort zusammen. Sie waren ein verteilter König, der sich immer neues Material aussuchte, in dem es sich leben ließ: der Holzkönig im Schachspiel, der Blechkönig im Wetterhahn, der Fleischkönig im Huhn. Das Material, aus dem die Gegenstände bestehen, erfuhr beim Hinsehen jene Zuspitzung, mit der im Kopf der Irrlauf beginnt. Das Gewöhnliche der Dinge platzte, ihr Material wurde zum Personal. Zwischen gleichen Dingen entstanden Hierarchien, und sie entstanden noch mehr zwischen mir und ihnen. Ich mußte mich den Vergleichen stellen, die ich aufgemacht hatte, und konnte nur den kürzeren ziehen. Verglichen mit Holz, Blech oder einem Federkleid ist Haut der vergänglichste Stoff. Ich war unausweichlich auf die manchmal gute, manchmal böse Macht des Königs angewiesen.

im Federhaus wohnt ein Hahn
im Blatthaus die Allee
ein Hase wohnt im Fellhaus
im Wasserhaus ein See
im Eckhaus die Patrouille
stößt einen vom Balkon dort
über den Holunder

dann war es wieder Selbstmord
im Papierhaus wohnt die Stellungnahme
im Haarknoten wohnt eine Dame

Der Text dieser Collage ist ein später Reflex auf den zusammengewürfelten König des Dorfs, und mit dem Eckhaus der Patrouille, dem Mord, der auf dem Papier in der Stellungnahme als Selbstmord gefälscht wird, ist längst der Stadtkönig am Werk. Er ist ein Staatskönig. Er schachert an der Schnittstelle von Leben und Sterben: wirft die ihm lästig Gewordenen heimlich aus dem Fenster, unter Züge oder Autos, von Flußbrücken, hängt sie an den Strick, vergiftet sie – inszeniert sein Töten als Selbstmord. Er läßt die Fliehenden an der Grenze von abgerichteten Bluthunden zerreißen, er läßt sie dort liegen, daß die Bauern später bei der Ernte Halbverweste in den Feldern finden. Er läßt die über die Donau Fliehenden mit Schiffen jagen und mit den Schiffsschrauben zermahlen. Fische und Möwen haben was zu fressen. Man weiß es, kann aber, was täglich geschieht, nie beweisen. Wo ein Mensch verschwand, blieb Stille, Angehörige und Freunde mit zu großen Augen. Der Stadtkönig läßt sich seine Schwächen nicht anmerken, wenn er torkelt meint man, er verneigt sich, aber er verneigt sich und tötet.

mein König sagt nicht ohne Grund
ich liebe euch doch alle
sein spitzmäuliger Königshund
trägt eine Glanzgrasuniform
und eine Wellblechschnalle
wenn nachts die Drahtlaterne schneit
gleichen sich Sprung und Atemhauch

als läge einer weggeliebt
frühmorgens in dem Hundebauch

Der Dorfkönig »verneigte sich ein wenig«, er torkelte, wie
die Gegend torkelt. Man lebte in dieser Gegend, die sich
selber fraß, bis sie einen mitfraß, bis man an sich selber
starb. Erst der Stadtkönig lieferte den zweiten Teil des Sat-
zes: »der König verneigt sich und tötet«. Das Werkzeug des
Stadtkönigs ist die Angst. Nicht im Kopf gebaute Dorf-
angst, sondern geplante, kalt verabreichte Angst, die die
Nerven durchbeißt. Nach meiner Ankunft von den Fransen des Dorfs in die Stadt wurde der Asphalt ein Teppich,
auf dem statt des Panoptikums der Sterbetage der staatlich
geplante Tod um die Knöchel schlich: die Repression. In
den ersten Jahren bekam ich sie überall zu sehen. Sie betraf
Leute, die ich nicht persönlich kannte. Ich fürchtete sie
nur im allgemeinen, lebte zu nah dran, um sie nicht zu
sehen, aber zu weit weg davon, um zu kapieren, was sie
anrichtet. Sie lief neben mir her, nie durch mich in dieser
ersten Zeit. Ein heftiges Stück Mitleid für die, die sie grad
getroffen hatte, dieses spontane Mitgefühl, das mich eine
Weile packte und dann von selbst wieder wegging. Dieses
Dastehen mit gekrümmten Fingern, sich mit den Nägeln
in den Handteller drücken, daß es weh tut, die Lippen zu-
sammenbeißen beim Zuschauen, wie jemand, den man
nicht kennt, vor aller Augen verhaftet, geprügelt, getreten
wird. Dann das Weitergehen mit trockenem Gaumen, hei-
ßem Hals und so stracksem Gang, als wären der Magen
und die Beine mit fauler Luft aufgepumpt. Das flaue
Schuldgefühl, nichts verhindern zu können, was andere
trifft, und das schäbige Glück spüren, daß die Strafe einen 51

selbst nicht getroffen hat. Jeden, der zuschaute, konnte sie treffen, außer dem Atmen war doch alles verboten, es gab überall, wo man hinsah, für jeden unzählige Gründe.

Erst in den nächsten Jahren hatte ich Freunde, die beschattet und regelmäßig verhört, deren Wohnungen durchsucht, deren Manuskripte beschlagnahmt, die vom Studium exmatrikuliert und die verhaftet wurden. Was ich bis dahin als beklemmende Atmosphäre spürte, wurde konkrete Angst. Die Freunde wurden gequält, ich wußte genau wo und wie. Ganze Tage sprachen wir darüber, zwischen Witz und Furcht, draufgängerisch und verstört suchten wir Auswege, die es aber nirgends gab, weil an Rückzieher vom eigenen Tun nicht zu denken war. Die Repressalien rückten mir ins Leben. Und ein paar Jahre später rückten sie mir auf die Haut – ich sollte in der Fabrik meine Kollegen bespitzeln und weigerte mich. Und alles, was ich von den Freunden über Verhöre, Hausdurchsuchungen, Todesdrohungen wußte, wiederholte sich an mir. Da war ich schon geübt im Grübeln darüber, wie wohl das nächste Verhör, der nächste Arbeitstag, die nächste Straßenecke ihre Fallen legen.

Wissend, daß die Vergrößerung des Blicks durch Angst, der Irrlauf im Kopf allen vorhandenen Worten davonläuft, sowohl im Reden als auch im Schreiben, habe ich dem Tod zweier Freunde dennoch etwas Geschriebenes hinterhertragen müssen. Wie damals im zu großen frechgrünen Tal für die Milchdistel habe ich später Worte gesucht für die Angst, die wir zusammen hatten. Ich habe zeigen wollen, wie Freundschaft aussieht, wenn es nicht selbstverständlich ist, daß man heute abend, morgen früh, nächste Woche noch lebt:

»Weil wir Angst hatten, waren Edgar, Kurt, Georg und ich täglich zusammen. Wir saßen zusammen am Tisch, aber die Angst blieb so einzeln in jedem Kopf, wie wir sie mitbrachten, wenn wir uns trafen. Wir lachten viel, um sie voreinander zu verstecken. Doch Angst schert aus. Wenn man sein Gesicht beherrscht, dann schlüpft sie in die Stimme. Wenn es gelingt, Gesicht und Stimme wie ein abgestorbenes Stück im Griff zu halten, verläßt sie sogar die Finger. Sie legt sich außerhalb der Haut hin. Sie liegt frei herum, man sieht sie auf den Gegenständen, die in der Nähe sind. Wir sahen, wessen Angst an welcher Stelle lag, weil wir uns schon lange kannten. Wir konnten uns oft nicht ertragen, weil wir aufeinander angewiesen waren.«[13]

Der Vernehmer fragte beim Verhör verächtlich: »Was glaubst du, wer du bist.« Es war gar keine Frage, umso mehr nutzte ich die Gelegenheit zu antworten: »Ich bin ein Mensch wie Sie.« Das war auch nötig und mir wichtig, denn sein Gebaren gab sich so selbstherrlich, als hätte er's vergessen. In den turbulenten Abschnitten der Verhöre nannte er mich eine Scheiße, ein Dreck, einen Parasiten, eine Hündin. Wenn er moderater war, eine Hure oder einen Feind. In den harmloseren Verhörspannen war ich seine Dienstzeitfüllung, dieser Lappen, den man zerknüllt, um Fleiß und Kompetenz zu zeigen. Oft trainierte er das Kaputtmachen an mir, weil sein Arbeitstag noch Stunden dauerte, um nicht allein im Büro zu sitzen, behielt er mich dort, käute alles ironisch oder zynisch wieder, was schon tausendmal wütend gesagt worden war. Ich mußte bleiben, damit ihm die Uhr nicht ins Leere tickt, damit er nicht auf sich selbst zurückfallen kann. Nach jeder Wut praktizierte er die Menschenjagd an mir, um nicht aus der

Übung zu kommen, in der für ihn erholsamen, lässigen Art. Er hatte in allen Launen Routine. Die Kindheitsfrage: »Was ist mein Leben wert«, wurde obsolet. So eine Frage darf nur von innen kommen. Wenn sie von außen gestellt wird, wird man widerspenstig. Schon aus Trotz fängt man an, sein Leben zu lieben. Jeder Tag bekommt einen Wert, man lernt, gerne zu leben. Man sagt sich in den Kopf, daß man lebendig ist. Gerade jetzt will man leben. Und das reicht, das ist mehr Lebenssinn, als man glaubt. Es ist geprüfter Lebenssinn, gültig wie das Atmen selbst. Auch diese gegen alle äußeren Umstände innen wachsende Lebensgier ist ein König. Ein widerspenstiger König, ich kenne ihn gut. Deshalb habe ich ihn wörtlich nie erwähnt, seinen Namen bedeckt gehalten. Ich habe mir das »Herztier« für ihn ausgedacht, um ihn anzusprechen, ohne ihn aussprechen zu müssen. Erst viele Jahre später, als die Zeit von damals weit genug von mir weg war, bin ich von dem Wort Herztier zu dem eigentlichen Wort König gegangen:

> und der König verneigt sich ein wenig
> und die Nacht kommt gewöhnlich zu Fuß
> und vom Dach der Fabrik in den Fluß
> leuchten zwei Schuh
> verkehrt und so früh neonbleich
> und der eine tritt uns das Maul zu
> und der andre tritt uns die Rippen weich
> und am Morgen gelöscht die Schuhe aus Neon
> der Holzapfel launig der Ahorn errötet
> die Sterne am Himmel fahren wie Popcorn
> und der König verneigt sich und tötet

Der Reim aus der Dorfsprache hat mich von Anfang an zum König gebracht: »allein – wenig – König« reimte ich schon im Tal bei den Kühen: »alleenig – wenig – Kenig.« Der Reim und der Schachkönig des Großvaters. Aus dem Dialekt kenne ich gereimte Wandtuchtexte, Gebete, Wetterregeln. Als Kind habe ich sie ernst genommen, als Halbwüchsige in der Stadt belächelt. Auf dem Gymnasium wurden dann Monate die Goethe- und Schillerballaden strapaziert. Hirnlos, ohne einen Gedanken im Kopf heruntergebetet, mit der Betonung auf der letzten Silbe. Es war wie der Takt des Teppichklopfens im Kopf. »durch Nacht und Wind?/ Es ist der Vater mit seinem Kind« oder »Lenore fuhr um's Morgenrot/ Empor aus schweren Träumen:/ ›Bist untreu, Wilhelm, oder tot?/ Wie lange willst du säumen?‹« Und noch schlimmer waren die gereimten Parteigedichte: »ich lieb das Land, das man mir anvertraute/ und dir und dir und jedem, der hier schafft,/ und seine Sprache spricht die Mutterlaute/ für Frieden, Sozialismus, Glück und Kraft.« Da stolperte der Reim, ein Teppichklopfrhythmus war nicht hinzukriegen. Wenn man die sechs, sieben Strophen laut hintereinander her aufsagte, klang das wie Schlaglöcher durch den Kopf. Ich litt an einem Reimekel. Erst später las ich die spröden reime von Theodor Kramer und Inge Müller. Ich spürte behutsame, verletzbare Takte darin, als würde einem der Atem in der Schachtel der Schläfen klopfen bei dieser Art zu reimen. Ich wurde besessen von diesen Gedichten, konnte Dutzende auswendig, ohne sie je bewußt gelernt zu haben. Sie hatten mein Leben im Auge, das war es, sprachen mit mir und lernten sich selber im Kopf. Ich mochte sie so, daß ich mich gar nicht traute hinzuschauen, wie sie gemacht sind.

Ich glaube auch heute noch, an die Eigenheit dieser beiden Autoren kommt man mit genauem Hinsehen nicht heran. Dann fing ich an, Zeitungswörter auszuschneiden. Das führte anfangs am Reimen vorbei. Es begann ja nur mit der Absicht, mich auf den vielen Reisen bei Freunden zu melden, etwas Eigenes in den Umschlag zu stecken, keine Ansichtskarte von Orten, wie Fotografen sie mit lokalpatriotischer Linse abgebildet hatten. Beim Zeitungslesen im Zug klebte ich ein Bildfragment und Wörter zusammen auf eine weiße Karte oder ein, zwei Sätze: »das störrische Wort ALSO«, oder: »Wenn es einen Ort wirklich gibt, dann streift er das Verlangen«. Erst die Verblüffung, was lose Zeitungswörter alles hergeben, brachte das Reimen mit sich. Ich schnitt schon lange auch zu Hause Wörter aus. Wahllos, wie mir schien, lagen sie auf dem Tisch. Ich sah sie mir an, und erstaunlich viele reimten sich. Im Vertrauen auf die Reime von Theodor Kramer und Inge Müller nahm ich die Reime an, für die ich nichts getan hatte, die sich zufällig auf der Tischplatte getroffen hatten. Es waren Worte, die einander kennenlernten, weil sie sich den Ort, wo sie lagen, teilen mußten. Ich konnte sie nicht wegjagen und kam auf den Geschmack des Reimens.

Von allem Anfang an konnte ich das Wort »König« in keinem Text stehenlassen. Ich war immer darauf fixiert, ich schnitt alle »Könige« aus jedem Text, in dem sie vorkamen. Ich habe die Könige auf dem Tisch einmal gezählt, ich hatte 24 Könige nebeneinander liegen, bevor ich den ersten König in einen Text hineinließ. Als er in den Text durfte, fing das Reimen an. Es zeigte sich, daß man dem König durch Reime beikommen kann. Man kann ihn vorführen. Der Reim zwingt ihn zurück in die Herzklopftakte, die er verursacht. Der Reim macht glatte Schlenker in die Verstörung, die der König angerichtet hat. Der Reim wirbelt auf und diszipliniert in einem. Die ganze Zeile kann changieren, Komplizenschaften eingehen mit anderen Zeilen. Man kann die Reime gegen den Strich kämmen, sie in der Mitte der Sätze, also räumlich, verstecken und zusehen, wie sie das, was sie preisgeben, gleich wieder schlucken. Und am Satzende kann man sie gewichtig machen, räumlich zeigen, aber beim Lesen nicht betonen, also in der Stimme verstecken.

Der König war von Kind an in meinem Kopf. Er steckte in den Dingen. Auch wenn ich nie ein Wort geschrieben hätte, wäre er dagewesen, um die neu hinzugekommenen Komplikationen der Tage in den Griff zu bekommen, durch eine, wenn auch böswillig, so doch gut bekannte leitmotivische Gestalt. Es war, wo sich der König präsentierte, keine Schonung zu erwarten. Dennoch sortierte er das Leben, kam dem Durcheinander, wenn es dem Sagbaren davonlief, ohne Worte bei. Der König war immer schon ein gelebtes Wort, mit dem Reden war ihm nicht beizukommen. Ich habe mit dem König viel Zeit verbracht, und in der Zeit war nebenbei oder hauptsächlich Angst.

Das »Herztier« ist im Unterschied zum gelebten »König« ein geschriebenes Wort. Es hat sich auf dem Papier ergeben, beim Schreiben als Ersatz für den König, weil ich für die Lebensgier in der Todesangst ein Wort suchen mußte, eins, das ich damals, als ich in Angst lebte, nicht hatte. Ich wollte ein zweischneidiges Wort, so zweischneidig wie der König sollte es sein. Sowohl Scheu als auch Willkür sollten drin sitzen. Und es mußte in den Körper hinein, ein besonderes Eingeweide, ein inneres Organ, das mit dem ganzen äußeren rundherum befrachtet werden kann. Ich wollte das Unberechenbare ansprechen, das in jedem einzelnen Menschen sitzt, gleicherweise in mir und in den Mächtigen. Etwas, das sich selbst nicht kennt, sich ungleich ausstopfen läßt. Je nachdem, was der Lauf der Zufälle und Wünsche aus uns macht, wird es zahm oder wild.

Bei meinem ersten Sylvester in Deutschland stand nach Mitternacht plötzlich der König mitten auf der Party. Die Gäste fingen an Blei zu gießen. Ich sah zu, wie das geschmolzene Blei aus dem Teelöffel ins kalte Wasser zischelt und starr wird in einer unvorhersehbaren Figur. Mir war klar, genauso ist es mit dem König, und genauso muß es mit dem Herztier werden. Ich wurde gebeten, mein Bleigespenst fürs neue Jahr zu gießen, und wagte es nicht. Ich zog mich lachend aus der Affäre, damit man die Gründe nicht ahnt: Mit kaputten Nerven soll man nicht Blei gießen. Die anderen Bleigießer trieb eine helle Phantasie. Ich hatte mir schon viel zu viel gedacht. Aus Furcht, das Bleigespenst könnte mir das Herztier boykottieren, mich das ganze Jahr belästigen und lähmen, wenn ich das Herztier zu fassen kriegen will, habe ich das Bleigießen verweigert. Aber auch, das ist vielleicht die Verlängerung desselben Problems, weil ich dachte: Die wollen jetzt alle an einem Gegenstand, der mir aus dem Löffel kriecht, sehen, wie kaputt ich innen bin und wie ich mich abmühe, mit dem Wort »Herztier« den inneren Zustand zu formulieren.

In »The Woman in the Window« (Gefährliche Begegnungen), einem beklemmenden Film von Fritz Lang, heißt es: »Man kommt in Situationen, mit denen man ein paar Minuten vorher noch nicht gerechnet hat.« Ich hatte gerechnet, und zwar damit, daß mir ein Bleigießspiel etwas zeigen könnte, womit ich nicht rechnen will.

Der König ist mir zuerst vom Dorf in die Stadt, dann aus Rumänien nach Deutschland gefolgt, als Widerschein der für mich nie zu klärenden Dinge. Er hat das Ausmaß der Dinge personalisiert, wenn im Irrlauf des Kopfs kein Wort mehr taugt, dann sage ich bis heute: Aha, jetzt kommt der König.

Als einer meiner Freunde erhängt in seiner Wohnung gefunden wurde, da war ich bereits hier in Deutschland. Dort wo ich Freunde zurücklassen mußte, hatte sich der König wieder einmal verneigt und getötet. Roland Kirsch getötet, einen Bauingenieur, der 28 Jahre alt war, wenig und leise sprach, nicht viel Aufhebens von sich machte, Gedichte schrieb, fotografierte, mir die Freundschaft nicht wie andere kündigte, weder solange ich in Rumänien ein Staatsfeind war, noch nach der Ausreise. Er schrieb mir Karten nach Berlin, wissend, was er damit riskierte. Ich wünschte mir, er soll unsere Freundschaft brachliegen lassen, sich nicht in Gefahr bringen, ich hatte Angst um ihn. Um so mehr freute ich mich in dieser Angst, wenn seine Karten kamen – sie waren ein Lebenszeichen. Seine letzte Karte, ein paar Wochen vor seinem Tod, war ein Schwarz-weißfoto – eine Straße, die wir oft entlanggingen. Sie hatte sich sehr verändert seit meinem Weggang, es war eine Straßenbahnschiene gelegt worden. Die neuen Schienen waren schon von hüfthohen wilden Möhren überwuchert. Sie blühten mit filigranen, weißen Schirmen. Sie zeigten mir die Gefährdung des Freunds, und daß ich meine Füße von dort weggetragen hatte, unsere auseinandergerissene

Nähe, die konfiszierte Spontaneität unserer Beziehung, denn wir konnten nie direkt werden im Schreiben, suchten die Wörter auf ihre Nischen ab beim Lesen, was könnte womit gemeint sein. Das Bild unserer Trennung in den wilden Möhren. Ich dachte mir, vielleicht werden alle Pflanzen, die der Aussichtslosigkeit der Menschen zusehen, wilde Möhren. Auf der Rückseite der Karte stand ein einziger Satz, in winziger Schrift, die sich nicht mehr vornahm, die Fläche, die fürs Schreiben zur Verfügung stand, zu füllen: »Ich muß mir manchmal auf den Finger beißen, um zu spüren, daß es mich noch gibt.«

Kurz darauf gab es ihn nicht mehr. Der Satz wiegt mehr, als allen seinen Wörtern erlaubt ist, zu sagen. Und er führt dorthin, wo sich die Wörter selbst nicht mehr ertragen können, nicht einmal jene, die man, um ihn zu zitieren, verwenden muß. Es ist ja nicht der Satz, sondern dieser Mensch. Und in keinem Satz dürfte ein Mensch so drin sein, wie er in diesem drin sein muß, weil er hineingezwungen wurde. So wie der Satz ist auch das Todesdatum: der 1. Mai, größter sozialistischer Feiertag, »Tag der Arbeit.« Am Tag der Arbeit hat sich ein auf Menschenschinden und Monumentalbauten versessener Diktator einen Bauingenieur vom Hals geschafft. Mir drückte der König die Kehle zu, als ich die Nachricht bekam. Wie muß das sein, wenn man spät abends zu Hause sitzt, es klopft, man öffnet und wird erhängt. Die Nachbarn sagen heute, sie hätten nachts das Geschrei mehrerer Stimmen gehört. Niemand ging helfen. Die Obduktion wurde verweigert, der König ließ sich nicht in die Karten schauen. In der amtlichen Stellungnahme auf dem Totenschein steht: Selbstmord. Die Frage bleibt: Wollten sie ihn von Anfang an erhängen. Hat er sich gewehrt und mußte dann den Kopf in die Schlinge stecken. Oder ist er ihnen in dieser Nacht während des Verhörs oder Folterns unter den Händen weggestorben und sie wußten nicht, was mit dem Toten tun, und haben ihn aufgehängt. Taten sie es also mit Absicht oder nach der Entgleisung ihres Plans vor Schreck, aus Verachtung oder gar als Amusement. Waren die Mörder hauptamtliche Geheimdienstler oder bezahlte oder gar nur erpreßte Kriminelle.

Im Schock dieses Todes kam mir, vielleicht wegen der verweigerten Obduktion, wie ein Echo ein umgekehrter Fall aus der Kindheit in den Sinn, der Maulbeerkönig aus dem Dorf. Der hatte sich unumstritten selbst erhängt, die Obduktion wurde erzwungen. Als Krebskranker in der letzten Phase bekam er nur Penicillinspritzen, weil dem Arzt das Morphium fehlte. Er hielt das Schmerztoben nicht mehr aus, verabredete sich mit dem Tod. In seinem Hinterhof stand ein Maulbeerbaum, darunter eine Leiter. Jedes Jahr wurden seine Hühner angelernt, auf dem Baum zu schlafen. Sie stiegen jeden Abend auf den Leitersprossen in die Krone, setzten sich zum Schlafen in Reihen auf die Äste. Wenn es Tag wurde, stiegen sie die Leiter runter in den Hof. Die Tochter des Toten sagte, durch das Anlernen, das wochenlang dauerte, war er den Hühnern sehr vertraut. Sie ließen sich nicht stören, als er sich an ihrem Baum erhängte. Kein Geflatter, kein Geschrei, man hörte keinen Laut in jener Nacht im Hof. Sie wollte, sagte die Tochter, gegen drei Uhr morgens nachsehen, wie es ihm geht. Da lag im Bett der Pyjama ohne ihn, der Schrank war offen und der Kleiderbügel mit seinem guten Anzug leer. Ihr erster Gedanke, er wollte in den Hof, um seine

Schmerzen zu kühlen. Aber wozu im Sonntagsanzug. Sie traute sich hinaus, Mondschein hob den ganzen Hof aus dem Dunklen. Die Hühner saßen wie immer oben im Maulbeerbaum, die weißen, besonders die weißen, sagte sie, leuchteten regelrecht wie Porzellangeschirr in einer Vitrine. Und er hing unter ihnen am Ast. Der Erhängte war ein Nachbar. Unzählig oft, wenn ich in den Jahren danach diesen Baum sah, begann der Irrlauf im Kopf, ich sagte mir den immergleichen Satz in den Kopf: Sie haben dieselbe Leiter benutzt, seine Hühner und er.

Der Penicillin-Arzt machte sich keine Vorwürfe. Er erdreistete sich, am Selbstmord zu zweifeln, bestand auf Obduktion. Er zog dem fertig gekleideten Toten die Würde des guten Anzugs aus, spielte sich als großer Fachmann auf und obduzierte den Toten an einem heißen Sommertag neben der Leiter des Maulbeerbaums auf einem Schlachttisch mitten im Hof. Deshalb mußte gleich der Deckel auf den Sarg, als der Tote zerschnitten im schönsten Zimmer seines Hauses aufgebahrt wurde. Trotzdem bildete ich mir ein, den schwarzblauen Streifen um seinen Hals zu sehen, indigoblau wie die Maulbeeren draußen am Baum. Wie der Kamm jedes Huhns war sein Halsstreifen jetzt seine Krone. Der Tote hatte seinem Fleisch die Begleitung gekündigt, er war in ein anderes, stilles Material gegangen, übergelaufen zum Fleisch des Obstes. Mit dunklem Halsstreifen und gutem Anzug hatte er aus sich die größte Maulbeere gemacht, die es je an Bäumen gab. Er ging als Maulbeerkönig in die Erde.

In Alexandru Vonas Roman »Die vermauerten Fenster« kam unerwartet wieder der Maulbeerkönig durch die Zeilen. Hier ist er eine Frau, der blaue Halsstreifen des Erhängens ist vorweggenommen durch ihren Halsschmuck. Dennoch hockt in ihrem Hals auch der Maulbeerkönig meiner Kindheit. »Während sie das Glas austrank, das mein Vater ihr gereicht hatte, bemerkte ich an ihrem dicken Hals das schwarze Samtband, an dem ein Medaillon hing. Einen Monat später erfahren wir, daß Vater sich nicht geirrt hatte. Ich fragte ihn, wie sie sich umgebracht hatte. Eigentlich war meine Frage reine Formsache, denn ich wußte, das schwarze Halsband vor Augen, daß sie sich erhängt hatte.(. . .) Das straff gespannte Halsband (schon wenn man einen Finger hineingehakt hätte, wäre sie erstickt) war vielleicht der Grund, weshalb sie sich so gerade hielt.«[14]

Nach dem Aufhängen des Freundes sah ich alle Schlingen überall anders. Ich meide sie bis heut, in den Bussen fasse ich Halteschlingen nicht an. Hängt ein Mantel am Kleiderständer, sind, als würde im Hirn ein Finger schnippen, einen Moment lang Füße drin, dann sind sie wieder weg. Ich kaufte mir in einer Bahnhofshalle am Kartenständer eine Postkarte, auf der das Binden der verschiedenen Krawattenknoten erklärt wird. Die Knotenarten sind deutliche Schlingen, die unterm Hemdkragen um den Hals liegen. Es war ein Leichtsinn, ich habe mir beim Kaufen eingebildet, der Parade aller Knoten trotzen zu können. Ich wollte mir den Schrecken nehmen, gezielt so lange hinsehen, bis er nicht mehr wirkt. Ich konnte die Karte niemandem schreiben. Zu Hause schob ich sie unter allerlei Papier in eine Schublade. Dort liegt sie seit Jahren. Ich kann sie nicht gebrauchen und werde sie nicht los.

So wie die Machtelite ihre Morde als Suizid inszenierte, tat sie, wenn es um ihre eigenen Repräsentanten ging, auch das Umgekehrte, stellte die Suizide hoher Bonzen als

Unfälle dar. Die hohen und mittleren Funktionärscliquen im ganzen Land mußten oder wollten den größten Jäger Ceauşescu nachahmen. So wurde die Jagd zum Funktionärssport, eine Art Parteiaktivität im Wald. Auch die Bonzen der kleinsten Provinznester gingen auf die Jagd. Als in Temeswar einer der Bonzen, seines Lebens überdrüssig, statt eines Hirschs im Wald den Moment des Alleinseins abpaßte und sich, als der richtige Augenblick gekommen war, die Kugel in den Mund jagte, hieß es im »Papierhaus« der Zeitung, er sei durch einen tragischen Jagdunfall aus dem Leben gerissen worden. Meine Freunde und ich kannten aber eine Studentin, deren Vater bei der Jagd dabei war. Weil wir mit Todesdrohungen lebten und unsere Tage als staatlich bemessen zu betrachten hatten, gewannen wir solchen Meldungen viel bitteren Humor ab. Mein Freund, der Bauingenieur, der vier, fünf Jahre später aufgehängt wurde und heute als Selbstmörder in den Akten steht, meinte damals bezüglich des »Jagdunfalls«: »Der Jäger zielt doch dorthin, wo der Hirsch läuft, diesem Jäger lief der Hirsch eben durch den Gaumen.« Wir machten unsere Witze über den »Gaumenhirsch.« Solche Witze verlangten nach Fortsetzung, eins ergab das andere: »Lieber den Spatz in der Hand als den Hirsch im Mund«, oder »Lieber die Kirche im Dorf als die Wanze unterm Schrank, aber lieber die Wanze unterm Schrank als den Deckel auf dem Sarg.« Jeder tat was dazu, es kam zu diesen aus dem Stegreif gemachten Märchen, ein Mosaik aus sporadischen Bildern, Übertrumpfung und Selbstübertrumpfung, spontane Poesieübungen in der Gruppe, sarkastisch, was das Zeug hielt, um die Angst, die wir alle hatten, zu zähmen. Die Dynamik entstand, weil jeder das vorher Gesagte ein Stück weiter ins Absurde treiben mußte. So ein Produkt begann brav, wie ein deutsches Märchen zu beginnen hat: »Es war einmal«, und es setzte sich fort: »Es war einmal, wie es niemals war.« So beginnen alle Märchen im Rumänischen. Und schon dieser klassisch rumänische Märchenanfang, der auf armselig gestrickte Lügen des Regimes verwies, war Grund genug, um genüßlich zu lachen. Dann ging es schubweise weiter: »Es war einmal, wie es war. Und das war damals, als es war, wie es niemals war. Es war einmal, da war es egal, wie es war. Und es war ein Mal, von dem man nicht weiß, zum wievielten Mal es war, wie es niemals war. Aber es war einmal auf der Jagd, als es zum letzten Mal war, ein Jäger mit anderen Jägern, von denen man nicht weiß, zu wieviel sie waren. Als weit und breit, obwohl man nicht weiß wie weit und wie breit, kein anderer Jäger war, außer dem einen, von dem man nicht weiß, der wievielte von wie vielen Jägern er war...« Die Relativierungen mußten sich steigern, sie wurden auf die Spitze getrieben, die Sätze wurden Labyrinthe. Irgendwann im Lauf der Verschachtelungen mußte der Gaumen des Jägers nackt, zart und rosa über den harten Waldboden laufen, einen Hirsch treffen, wachsen, Fell und Geweih kriegen und dem Hirsch zum Verwechseln ähnlich sein und aus Versehen von seinem Besitzer erschossen werden. Es hieß dann: »Der Gaumen und der Hirsch glichen einander wie ein Wald dem anderen, ein Baum und Ast und Blatt dem anderen, wie eine Fahne oder eine Erbse der anderen, eben wie ein Genosse dem anderen.« Wir hatten eine lange Übersicht in unseren Satzlabyrinthen, besaßen eine Art Gebietshoheit, legten so viele Fährten und Umwege hinein, bis uns die Köpfe schwirrten.

Ich hab die Sätze jetzt erfunden, weil ich die von damals längst vergessen habe. Aber so könnten sie gewesen sein. Die Schere zwischen Todesangst und Lebensgier provozierte den König. In den Poesieübungen wurden wir lebenssüchtig. Drastische Witze als imaginäre Demontage des Regimes. Selbstermutigung, weil jene, über die wir lachten, unser Leben jeden Tag beenden konnten. Die kollektiv gebauten Lachgeschichten waren eine vergnügt gewonnene, aber noch mehr eine gestohlene Heiterkeit. Die Wanzen, über die wir spotteten gab es im Zimmer, es wurde mitgehört. Und irgendwann, wenn man seinen Beitrag von damals und den der anderen schon vergessen hatte, beim wer weiß wievielten Verhör, nahmen sich die Vernehmer diese gestohlene Zeit zurück. Wort für Wort wurde verrechnet, das ganze auch noch (meist schlecht) übersetzt ins Rumänische. Da war von Humor nicht mehr die Rede, wir wurden der Reihe nach, jeder einzeln, von den Vernehmern mit der geheimdienstlichen Analyse unserer »staatsfeindlichen Aussagen« konfrontiert. Das ging halbe Tage, bis der eigene Kopf nicht mehr wußte, wem er gehört. Wenn wir endlich gehen durften, saßen wir dann wieder zusammen, um zu beraten, wie man sich am besten verhält, wie man das Selbstgesagte leugnet, ohne den anderen zu beschuldigen. Was mich innerlich störte, unsere Geschichten waren durch die schlechte Übersetzung ins Rumänische politisch zwar nicht ungefährlicher geworden, aber literarisch verstümmelt. Das Poetische war wie weggeblasen. Man kriegte beim Verhör, da einem durch stundenlanges Wiederkäuen nach und nach alles wieder einfiel, Lust, den poetischen Verlust zu korrigieren. Man

66 mußte sich aber das instinktive Richtigstellen der poeti-

schen Einbußen verkneifen, es wäre einer Selbstanklage gleichgekommen.

Der Vernehmer sagte mir bei jedem Verhör, wenn er mich seiner Ansicht nach schachmatt gesetzt hatte, triumphierend den Satz: »Siehst du, die Dinge verbinden sich.« Er hatte ahnungslos recht, er wußte nicht, welche und wie viele Dinge sich in meinem Kopf gegen ihn verbinden. Schon daß er an einem großen, polierten Schreibtisch saß und ich an einem kleinen Tisch aus schlecht gehobeltem, dreckigem Holz. »Siehst du«, ja, ich sah eine Tischplatte mit vielen Kerben, von den Verhören anderer Leute, von denen man nichts wußte, nicht einmal, ob sie noch leben. Der Vernehmer, da ich ihn stundenlang ansehen mußte, wurde während jedes Verhörs zum König. Für seine Glatze hätte es des Kompaniefriseurs meines Großvaters bedurft. Auch für seine Waden, die zwischen dem Hosensaum und Sockenrand ohne ein Haar abstoßend weiß glänzten. Ja, die Dinge verbanden sich in seinem Kopf zu meinem Nachteil. Aber in meinem Kopf verbanden sich ganz andere Dinge: wie in den Schachfiguren ein König stand, der sich verneigte, stand im Vernehmer ein König, der tötet. Es war eines der ersten Verhöre und Sommer und Nachmittag, und die Hobelschatten kamen ins Spiel. Das Fensterglas schimmerte gewellt in der Sonne. Auf den Fußboden fielen weiß gekringelte Lichtstreifen und krochen dem Vernehmer an den Hosenbeinen hoch, wenn er sie durchquerte. Ich wünschte mir, daß er stolpert, daß sie ihm in die Schuhe kriechen und ihn durch die Fußsohlen töten.

Und ein paar Wochen später kam der König nicht nur in sein fehlendes Haar, sondern auch in mein vorhandenes. 67

Zwischen unseren Tischen lagen wieder die Sonnenkringel auf dem Boden, hell geschlängelt, länger als sonst, sie krochen regelrecht hin und her, weil draußen viel Wind ging. Der Vernehmer ging auf und ab, er war nervös, die Hobelschatten so unruhig, daß er immer hinsehen mußte. Zwischen meiner wirklichen, aber reglosen Anwesenheit und den nur als Widerschein vorhandenen, wie närrisch hüpfenden Hobelschatten verlor er die Selbstbeherrschung. Er kam im Auf- und Abgehen schreiend an meinen Tisch. Ich rechnete mit Ohrfeigen. Er hob die Hand, dann aber nahm er mir ein Haar von der Schulter, wollte es mit zwei spitzen Fingern auf den Boden fallen lassen. Ich weiß nicht warum ich plötzlich sagte: »Bitte legen Sie das Haar zurück, es gehört mir.« Er griff mir extra langsam, sein Arm war wie durch eine Zeitlupe gelähmt, wieder auf die Schulter, er schüttelte den Kopf, ging durch die Lichtkringel zum Fenster, er sah in den Baum und fing an schallend zu lachen. Erst als er lachte, sah ich aus dem Augenwinkel auf meine Schulter. Er hatte das Haar wirklich und genauso, wie es vorher dalag, zurückgelegt. Diesmal half ihm kein Königslachen, er war auf die Haarepisode nicht vorbereitet. Er hatte sich zu weit aus dem Sattel geschwungen, er war blamiert. Und ich empfand eine so dumme Genugtuung, als hätte ich ihn ab nun alle Tage in der Hand. Sein Zerstörungstraining funktionierte nur in der Routine, er mußte also den Fahrplan einhalten. Improvisieren war auch für ihn ein Risiko. Kein wirkliches, ein von mir phantasiertes, aber in meiner dummen Rechnung zählte es.

Die Haare und der Friseur hatten immer mit dem König zu tun. Meine Freunde und ich verteilten Haare in der

Wohnung, bevor wir das Haus verließen. Wir legten sie auf Türklinken, Schrankgriffe, in Schubladen auf Manuskripte, ins Regal auf Bücher – sie waren schlaue, weil unauffällige Zeichen, zeigten, ob Gegenstände in unserer Abwesenheit bewegt worden sind, ob der Geheimdienst da war. »Um ein Haar«, »um Haaresbreite«, »haarfein« und »haargenau«, für uns waren das keine Redewendungen mehr, sondern Gewohnheiten.

Im Roman »Herztier« heißt es: »Unsere Herztiere flohen wie Mäuse. Sie warfen das Fell hinter sich ab und verschwanden im Nichts. Wenn wir kurz nacheinander viel redeten, blieben sie länger in der Luft. Beim Schreiben das Datum nicht vergessen, und immer ein Haar in den Brief legen, sagte Edgar. Wenn keines drin ist, weiß man, daß der Brief geöffnet worden ist. Einzelne Haare, dachte ich mir, in den Zügen durchs Land. Ein dunkles von Edgar, ein helles von mir. Ein rotes von Kurt und Georg.«[15]

Nachdem ein ganzer Trupp Geheimdienstler die Wohnung meines Freundes Rolf Bossert durchsucht hatte und mit allen seinen Manuskripten und Briefen abgezogen war, nahm Bossert die Schere, ging stumm ins Bad vor den Spiegel und schnitt sich Haarbüschel vom Kopf und aus dem Bart. Es war kurz vor seiner Ausreise nach Deutschland. Diese wilde Schere im Haar, man wußte es sieben Wochen später, war ein erstes Hand-an-sich-Legen. Denn sieben Wochen später war er seit sechs Wochen in Deutschland und stürzte sich aus dem Fenster des Übergangsheims.

Mehr als bei Frauen, war die Frisur bei Männern oft ein politisches Indiz. Es zeigte den Zugriff des Staates auf die Person, den Grad ihrer Unterdrückung.

Denn alle Männer, die sich der Staat zeitweise oder für immer genommen hatte, wurden kahlgeschoren. Die Soldaten, die Häftlinge, die Kinder der Waisenhäuser. Und all jene Schüler, die etwas angestellt hatten. In den Schulen wurde jeden Tag die Haarlänge kontrolliert – der Nacken mußte den halben Kopf hinauf kahl sein, die Ohrläppchen fingerbreit frei stehen. Und nicht nur in kleinen Klassen, auch am Gymnasium. Auch an der Uni wurde Studenten mitgeteilt, sie hätten mit dieser Haarlänge nicht mehr zu erscheinen. Es gab den Friseur für die Männer, den Coiffeur für die Frauen. Es war undenkbar, daß Frauen und Männer in denselben Laden gehen. Der König bestand auf der Übersicht durch Geschlechtertrennung.

Auch wenn ich meine Kinderfotos ansehe, verneigt sich der König. Ich sehe meiner Frisur auf jedem Foto an, wie es meiner Mutter am Morgen dieses Tages, während sie mich kämmte, zumute war. Es kamen selten Fotografen ins Dorf, ich kann mich nicht mehr erinnern, wie es dazu kam, daß ich vor einer Wand in der Dorfmitte, einem Blumenbeet im Hof, auf einem Schneeweg an der Kirche fotografiert wurde. Die Fotos geben keinerlei Auskunft über mich, um so mehr aber über meine Mutter. Denn es gibt auf ihnen dreierlei Rückblenden auf sie von damals. Die erste: Der Scheitel auf der Kopfmitte läuft schief, die beiden Zöpfe sind jedoch gleich hoch hinter den Ohren angeflochten – das bedeutet, daß mein Vater am Abend davor nur leicht betrunken war. An solchen Tagen kämmte meine Mutter mich stoisch, mit den Gedanken bei sich und den Fingern in eingeübter Routine. Die Ehe ging einigermaßen gut, das Leben ließ sich ertragen. Die zweite Rückblende: Wenn der Scheitel und die Zöpfe arg schief sind, mein Kopf sieht wie gequetscht aus, mein Gesicht verschoben. Das bedeutet, daß mein Vater am Abend davor stockbesoffen war – meine Mutter weinte beim Kämmen, ich war ihr lästig, ein Klotz, der sie, wie sie oft sagte, vor der Scheidung zurückschrecken ließ. Und die dritte Rückblende: Wenn sowohl Scheitel als auch Zöpfe gerade sind, die linke und rechte Kopf- und Gesichtshälfte stehen symmetrisch. Es bedeutet, daß mein Vater am Abend davor nüchtern nach Hause kam, meine Mutter war beschwingt, es gelang ihr, mich zu mögen, ihr ging es gut. Aber die Fotos der dritten Rückblende sind rar. Die Fotografen kamen ja nur an Feiertagen ins Dorf. An Werktagen gelang es meinem Vater während der Arbeitszeit zu trinken. Aber an Feiertagen war der Suff seine ausschließliche Beschäftigung. Er mochte keine Gesellschaftsspiele, mit denen sich die Männer die Feiertage vertrieben, kein Schach- oder Kartenspiel, kein Kegeln, er tanzte nicht gern. Er saß dabei und trank, bis die Augen und die Zunge quollen und die Beine knickten. So gesehen sind in diesen fotografischen Rückblenden auch seine Zustände dokumentiert. Er hatte auch nur drei, die sich am folgenden Tag durch die Zähne des Kamms in meine Frisur schlichen.

Aber vielleicht gelangte der Gemütszustand meiner Mutter so sichtbar in mein Haar, weil sie ein paar Jahre bevor sie mich kämmte, noch deportiert war zur Zwangsarbeit in die Sowjetunion. Fünf Jahre war sie im Lager beim König, der tötet, und in diesen fünf Jahren ständig am Verhungern. Mit 19 kam sie ins Lager, wie alle Bauernmädchen mit langen Zöpfen. Die Gründe fürs Kahlscheren, sagte sie, wechselten sich ab. Es gab zwei Gründe, einer davon traf sie immer. Mal waren es die Kopfläuse, mal hatte sie vom Feld ein paar Kartoffeln oder Futterrüben gestohlen, um nicht zu verhungern. Manchmal war sie schon kahl geschoren wegen der Läuse und wurde auch noch beim Stehlen erwischt. Dann tat es den Aufsehern leid, daß man einen kahlgeschorenen Kopf nicht noch einmal kahlscheren kann, so wie man einen geprügelten Rücken noch einmal prügeln kann. Kahl bleibt lange kahl, sagte sie mir, die Haare sind nicht so dumm wie die Haut. Es gibt ein Foto: die Mutter als kahlgeschorenes Mädchen, abgemagert, daß die Haut auf den Knochen klebt, hält eine Katze auf dem Arm. Die ist so knochig und hat so nadel-spitze Blicke, aufgerissene hungrig tiefe Augen wie sie. Und immer, wenn ich das Bild anschaue, frage ich mich: Bei aller Liebe für Katzen, wieso teilte eine Ausgemergelte das bißchen Essen mit einer Katze? Hat auch das mit den Haaren zu tun, die das Tier hatte und sie nicht? Das Kat-zenfell ist struppig, die Haare schräg und lang, als wären sie auf Kosten des Fleisches gewachsen, gegen die eigene Be-schaffenheit in ein unnatürliches Material.

Und hier in Deutschland? Warum scheren die Neonazis sich ohne Not kahl? Sie haben ein pervertiertes Verhältnis zu sich selbst, ihnen fehlt das Sensorium für Selbsterniedri-gung. Sie instrumentalisieren ihre Schädel, tragen sie ent-stellt wie Geröll, Wackersteine, an geschrumpften oder verschwundenen Flußläufen. Sie spielen kalte Soldateska, machen die Selbstverachtung zur Angeberei. In ihrer ver-rohten Weltsicht adeln sie die Perversion des Kahlscherens, legen sich ein freiwilliges Stigma als Erkennungsmerkmal der Gruppe zu. In den Wackerstein-Köpfen ist das Indivi-duelle getilgt, unter den Knochennähten des kahlen Schä-

dels sitzt, dirigiert von den Anwandlungen des Herren-
menschen, ein klägliches Hirn. Auf Instinkte getrimmt,
wird ihnen der Körper zum Werkzeug für die Attacke.

In einer der ersten Collagen, durch die ich den Reim
und den König gefunden habe, heißt es:

und in der einen Hand
da stand der König
sitzt im Regen
so war es auch
ich ging hinein
um mir nicht zu begegnen
und in der andren Hand
da stand der König
hat verloren
so war es auch
ich ging hinein
und wurde kahl geschoren

Noch zwei wichtige Sachen haben mit dem König zu tun:
Die Haare meines Großvaters gingen nie mehr aus. Er
nahm sie dicht und weiß mit in den Sarg.

Trotz aller Mühe, die mein Großvater sich mit mir gab,
ich lernte nie Schachspielen. Er zweifelte an meinem Verstand, und ich ließ es dabei bewenden. Ich sagte ihm nie,
wie sehr ich den König fürchtete und mochte. Ich glaube,
man sagt dazu: Ich hatte den Kopf nicht frei.

Wenn wir schweigen, werden wir unangenehm –
wenn wir reden, werden wir lächerlich

Das Schweigen ist keine Pause beim Reden, sondern eine Sache für sich. Ich kenne von zu Haus bei den Bauern eine Lebensweise, die sich den Gebrauch von Wörtern nicht zur Gewohnheit machte. Wenn man nie über sich selbst spricht, redet man nicht viel. Je mehr jemand zu schweigen imstande war, um so stärker war seine Präsenz. Wie alle im Haus hatte auch ich gelernt, am anderen das Zucken der Gesichtsfalten, Halsadern, Nasenflügel oder Mundwinkel, des Kinns oder der Finger zu deuten und nicht auf Wörter zu warten. Unter Schweigenden hatten unser aller Augen gelernt, welches Gefühl der andere mit sich durchs Haus trägt. Wir horchten mehr mit den Augen als mit den Ohren. Es entstand eine angenehme Schwerfälligkeit, ein in die Länge gezogenes Übergewicht der Dinge, die wir im Kopf herumtrugen. So ein Gewicht geben die Wörter gar nicht her, weil sie nicht stehenbleiben. Gleich nach dem Sprechen, kaum zu Ende gesagt, sind sie schon stumm. Und aussprechen lassen sie sich nur einzeln und nacheinander. Jeder Satz kommt erst dann an die Reihe, wenn der vorherige weg ist. Im Schweigen kommt aber alles auf einmal daher, es bleibt alles drin hängen, was über lange Zeit nicht gesagt wird, sogar was niemals gesagt wird. Es ist ein stabiler, in sich geschlossener Zustand. Und das Reden ein Faden, der sich selber durchbeißt und immer neu geknüpft werden muß.

Als ich in die Stadt kam, wunderte ich mich, wieviel die Städter reden müssen, um sich selber zu spüren, um einander Freund oder Feind zu sein, um etwas herzugeben oder etwas zu bekommen. Und vor allem, wie viel sie klagen, wenn sie über sich selber reden. In den meisten ihrer Gespräche die ständige Paarung von Arroganz und Selbstmitleid, mit dem ganzen Körper selbstverliebtes Getue. Immer liefen sie herum mit diesem überstrapazierten Ich im Mund. Ihre Theatralik war geschmeidig, die Städter hatten andere Gelenke als die Bauern unter der Haut, ihre Zungen waren noch einmal die ganze Person im Mund. Mich, die so lange das Schweigen geübt und dazu noch schwerfällige Dorfknochen mitgebracht hatte, die erst gar nicht und dann dürftig Rumänisch sprach, hemmte dieser Zwang zu reden. Die ständig betriebene Verdoppelung der Person durch das Zappeln erklärte ich mir durch die auch unterm freien Himmel behauste Umgebung. Straßen, Plätze, Flußufer, Parks – überall Pflaster oder Asphalt, nicht nur glatter als alle Dorfwege, glatter sogar als die Fußböden der Paradezimmer im Inneren der Häuser. Behauster, dachte ich, als die Sommerküchen des Dorfs, die nur Lehmböden hatten. Ich brauchte eine Erklärung und nahm die einfachste: Wenn die Füße auf dem Glatten stehen, kann oder muß die Zunge ohne Gedanken im Kopf reden. Der Acker läßt das nicht zu, weil er holprig ist und erpicht auf Verwesung. Dem Asphalt hält man das Reden entgegen, dem Acker die schwere Langsamkeit der Knochen, ungeschützt dehnt man die Zeit, wissend, daß die Erde gefräßig ist, läßt man die Zunge still liegen im Mund und die Erde warten. Auf dem Asphalt aber wird man leichter, wo man immerfort spricht, sitzt der Tod nicht unterm, sondern hinterm Leben. Ich hatte Heimweh, ein schlechtes Gewissen, als hätte ich mich aus dem Staub gemacht und die anderen dem Fraß der Dorferde mit dem blühenden Panoptikum der Sterbearten überlassen. Ich war daran gewöhnt, den Tod mitten im Alltag zu sehen. Weil ich an ihn dachte, suchte er mich, bevor der Staat mit seinen Todesdrohungen zu mir kam. Wo die abgedeckte Erde in der Stadt zu Ende war, suchte er mich. Er saß in den Ausläufern der Stadt, die vielleicht die Ausläufer meiner Kindheit waren: auf den Betontischen des Gemüsemarktes, da wo alte Frauen aus dem Gebirge nußkleine graubehaarte Bitterpfirsiche verkauften. Sie glichen der Haut in ihren Gesichtern, es waren Greisenpfirsiche. In den Parks saß der Tod, wenn die ganz jungen, leicht rötlichen Blätter der Pappelalleen nach den Zimmern alter Leute rochen. Und der wachshelle Tod saß auch die Straßen entlang, in blühenden Linden, wenn dieser gelbe Staub fiel. Auf dem Asphalt rochen die Linden anders, es gab unzählige Linden im Dorf, aber nur hier in der Stadt fiel mir, wenn sie blühten, beim Riechen das Wort »Leichenzucker« ein. Auch in den Vorgärten der Nebenstraßen suchte mich der Tod in großen Dahlien, die ihre Farben in den eingerollten Blütenklumpen nicht zügeln konnten. Die Stadtpflanzen, solange ich ohne Bedrohung lebte, wurden sie exemplarisch für das Sterben im allgemeinen. Auch wenn ich dabei an meinen Tod dachte, war es immer ein natürlicher Tod, das Abdanken des Fleisches auf dichtem Asphalt. Später dann, als meine Freunde und ich mit

Todesdrohungen durch den Geheimdienst lebten, änderte sich das.

Wenn ich nach quälenden Verhören wieder auf der Straße ging, der Kopf zerwühlt, die Augen starr wie eine Gipsfüllung, die Beine fremd wie von jemand anderem geliehen, wenn ich in diesem Zustand auf dem Heimweg war, zeigten mir diese Pflanzen, was mit mir los – und mit Worten nicht zu sagen war. Sie brauchten, um das zu zeigen, nichts als die Düfte, Farben und Formen, die sie sowieso hatten, und den Ort, an dem sie ohnehin standen. Sie vergrößerten das Geschehene zur Ungeheuerlichkeit, fügten dieser Vergrößerung aber schon das Schrumpfen bei, das zum Sichdreinfinden nötig war, um das zuletzt Geschehene einzuordnen ins Vorherige. Mir zeigte die Dahlie, daß ich das Verhör als Dienstpflicht des Vernehmers zu begreifen habe, daß die Kerben auf dem kleinen Verhörtisch von all den anderen sind, die vor und nach mir verhört werden, daß ich also ein Fall von vielen, aber dennoch ein Einzelfall bin. Was mich verstört, ist normaler Alltag des Vernehmers, nichts als Routine in seinem gräßlichen Beruf, das zeigte mir die Dahlie. Aber auch, daß die Routine, an mir verübt, zum Speziellen wird, daß ich dies Spezielle persönlich zu durchdenken und mich einzeln zu schützen habe. Ich muß mir so viel wert sein, daß ich mich verteidige, auch wenn vielen anderen vor und nach meinem Verhör Ähnliches passiert. Wie soll ich in Worten erklären, daß mir die Dahlie eine fast stabile innere Einstellung zu dem Gezerre von außen gab, daß in einer Dahlie ein Verhör sitzt, wenn man vom Verhör kommt, oder eine Zelle, wenn ein Mensch, den man mag und nicht verlieren will, im Gefängnis ist. Daß in einer Dahlie ein Kind 77 sitzt, wenn man schwanger ist und das Kind auf keinen Fall haben will, weil man ihm dieses Scheißleben nicht zumuten will, für Abtreibung aber ins Gefängnis kommt, wenn man erwischt wird.

Wieviel sollte ich reden, wenn ich der Freundin, die mich nach den Einzelheiten der Verhöre fragt, alles sagen will. Alles sagen heißt: alles, was mit Worten zu sagen ist. So habe ich ihr jedesmal alle Fakten gesagt, aber nichts jenseits davon, nie ein Wort von Pflanzen, die mich mit meinem eigenen Zustand vertraut machen, wenn ich an den Gärten vorbei nach Hause gehe. Nie hab ich von den Greisenpfirsichen etwas gesagt, den Leichenzucker und die Dahlien nie erwähnt. Dem Reden hat das Schweigen die Waage gehalten. Wo das Schweigen von der Freundin falsch verstanden worden wäre, mußte ich reden, wo das Reden mich in die Nähe der Irren gestellt hätte, mußte ich schweigen. Ich wollte nicht unheimlich oder lächerlich werden für sie. Wir waren sehr eng befreundet, wir sahen uns täglich. Aber wir blieben sehr unterschiedlich, dies machte die Freundschaft so eng. Wir brauchten jede von der anderen, was wir selber nicht hatten. Es war eine Nähe, über die nicht gesprochen werden mußte. Meine Orientierungsnadel war ihr nicht vertraut, das Verwegene an den Pflanzen war ihr nie begegnet. Sie war ein Stadtkind. Da wo meine Sinne strauchelten, sah ich die ihren gleiten, wo ich zauderte, ging sie los – darum mochte ich sie. Sie hätte mich ausgelacht, wenn ich ihr vom Panoptikum der Todesarten im Blühen eines Tals erzählt hätte. Sie kannte das elendige Alleinsein in der Landschaft nicht, die offene Rechnung der Vergänglichkeit, der man nicht standhält. Sie hatte sich für alles ein erträgliches Maß bewahrt, den Blick von außen behalten können, sie grübelte nie über Wörter. Statt dessen liebte sie Kleider und Schmuck, verachtete das Regime als Bankrotterklärung jeder Sinnlichkeit. Und dieses Regime griff nicht nach ihr. Sie hatte Schweißtechnologie studiert, ihr Fach galt als aufbauend und staatsloyal, und was ich tat, als destruktiv. Sie sprach kein Wort Deutsch und wußte nicht, was ich schreibe. Vielleicht hielt das Regime unsere Freundschaft aus diesem Grund für eine unpolitische Frauensache. Aber sie war hochgradig politisch durch ihr unberechenbares Naturell, sie lehnte Unterwürfigkeit aus körperlichem Ekel ab und war moralisch konsequenter als manch andere mit politischen Theorien und subversivem Gerede. Ich war auf diese Freundin angewiesen, wo bei mir Scherben lagen, setzte sie mir das Intakte entgegen. Intaktes im Verhalten, aber ihr Körper war damals schon, ohne daß sie oder ich es wußten, vom Tod angefressen, sie hatte Krebs und erfuhr es erst, als es zu spät war. Drei Jahre hatte sie noch zu leben, und ich wanderte aus. Und sie kam zu Besuch und zeigte mir die Narbe der rechten amputierten Brust und gestand, daß sie vom Geheimdienst geschickt worden ist – mich im Auftrag besucht. Sie mußte mir mitteilen, daß ich auf der Todesliste stehe, daß man mich aus dem Weg räumen wird, wenn ich im Westen weiter so verächtlich von Ceaușescu spreche. Sie hatte mich bereits verraten, als sie ankam in Berlin, und während sie ihren Verrat gestand, behauptet, sie könne nie etwas tun, was mir schadet. Und ich habe sie nach zwei Tagen zum Kofferpacken aufgefordert und zum Bahnhof gebracht. Und ich verweigerte an diesem Bahnsteig das Taschentuch zum Abschiedwinken, das Taschentuch zum Weinen. Das Taschentuch zum Knoten machen, damit ich nichts vergesse, brauchte ich nicht – der Knoten war ja im Hals.

Zwei Jahre nach dieser vorzeitigen Abreise ist sie an Krebs gestorben. Jemanden lieben und verlassen müssen, weil sie ohne zu begreifen, was sie tut, die Gefühle, die sie für mich hatte, dem Geheimdienst zur Verfügung stellte, gegen mein Leben. Sie hatte dem König, der sich vor ihr verneigte und mich töten wollte, unsere Freundschaft geliehen und glaubte, sie von mir wieder zurückzukriegen, so wie es seinerzeit war, als ich ihr vertraute. Um mich betrügen zu können, mußte sie sich belügen, das ging Hand in Hand, eins ins andere. Der Verlust dieser Freundschaft ist bis heute eine Schneise in meinem Leben. Ich habe auch für diese Frau das »Herztier« und den »König« finden müssen. Denn beide Begriffe sind zweischneidig, geistern herum im Gestrüpp der Liebe und des Verrats. Ich habe beim Schreiben die Sätze, die sich ergaben und nicht reichten, fragen müssen: »Weshalb und wann und wie geht angebundene Liebe ins Mordrevier.«[16] Auch wenn man verläßt, weil man muß, bleibt man nicht ohne Schuldgefühl. Ich habe mir eines der schönen rumänischen Volkslieder zu Hilfe nehmen müssen, um das Kapitel mit der Freundin zu Ende zu bringen im Buch:

Wer liebt und verläßt
den soll Gott strafen
Gott soll ihn strafen
mit dem Schritt des Käfers
dem Surren des Windes
dem Staub der Erde

Dazu mußte man nichts mehr sagen. Das Lied ist in Rumänien sehr bekannt, es bot sich mir an, wie sich anderen vielleicht Gebete anbieten. Wenn man nicht ans Beten glaubt, fängt man an, stumm zu singen. Dieses Lied kommt mir vor wie die Dahlien im Garten. Wie sie schafft es die Einordnung eines Verlusts in die Kette der anderen Schäden.

Ich bewundere und ängstige mich vor Pflanzen, die behaarte, kriechende, zu dünne Stiele, tief gezackt kratzige Blätter und so große Früchte wie Köpfe haben. Schweigeköpfe, denen das Gesicht aus grellem Fleisch nach innen wächst: Kürbisse und Melonen. Sie muten sich Gewichte zu, die sie, wären sie auf sich gestellt, nicht tragen könnten. Sie machen sich breit, klettern auf dem Boden oder hoch auf Zäune, tragen ihre Früchte nicht selbst. Sie halten sich zerbrechlich, legen die Köpfe einem dicken Feld in den Nacken, hängen sie einem Zaun senkrecht ans Holz. An diesen Pflanzen habe ich als Dorfkind immer gesehen, wie sich ein Satz aus der Kirche in Pflanzen verwandelt, der Satz: »Ein jeder trage des anderen Last.« (Brief des Paulus an die Galater 6,2) Es war an diesen Pflanzen von außen zu sehen, wie das wäre, wenn einem von innen etwas abgenommen werden würde. Von diesen Pflanzen hab ich mir abschauen wollen, wie es bei den Menschen zu machen wäre. Aber es war eben nicht zu machen. Mein Vater mußte seinen Suff allein tragen, meiner Mutter konnte niemand das Weinen abnehmen, auch wenn ich mitweinte, weinte ich nicht aus ihren Gründen. Denn sie weinte, weil sie einen Säufer zum Mann hatte, der mit dem Messer fuchtelte, wenn sie ihn zu Rede stellte. Ich aber weinte, weil ich eine Mutter haben wollte, die auch mal meinetwegen weint, um ein Kind, das nicht weiß, weshalb es gerade diesen beiden Eltern gehört, wenn dieser sein Vater doch zu besoffen ist, um seinem Kind ein Vater zu sein, und diese Mutter unter seinem Suff so leidet, daß ihr Kind nebensächlich wird. Und mein Großvater mußte seine ewigen Quittungsblöcke alleine tragen, und meine Großmutter ihr Gebetbuch mit dem Foto ihres gefallenen Sohns.

Ich glaube, wir schwiegen uns, alle wie wir waren, in diesem Haus und Hof eng aneinander vorbei. Unsere Gegenstände gehörten zusammen, unsere Köpfe waren völlig voneinander losgelöst. So steckten wir, drei Generationen, in einem Haus. Wenn man es sich nie angewöhnt, einer dem andern etwas zu sagen, muß man es sich nicht angewöhnen, in Worten zu denken. Man muß nicht reden, um da zu sein. Das war eine innere Einstellung, wie sie in der Stadt nicht die Menschen, aber die Dahlien hatten. An diese Einstellung gewöhnt, merkt man gar nicht, daß man nicht spricht. Man denkt gar nicht ans Reden, man ist mit sich ins Schweigen eingeschlossen und behält die anderen im Auge.

Die häufig gestellte Frage von Leuten, die einem nahestehen: »Woran denkst du jetzt?«, kannte ich als Dorfkind nicht. Auch nicht die häufig kommende Antwort: »An nichts.« Diese Antwort wird meist nicht akzeptiert, sie gilt als Ausrede, als Ablenkung. Man setzt voraus, daß jeder immer an etwas denkt, wovon er weiß, was es ist. Ich glaube, daß man »an nichts« denken kann, also an etwas, von dem man nicht weiß, was es ist. Wenn man nicht in Worten denkt, hat man »an nichts« gedacht, weil man das Gedachte nicht mit Worten sagen kann. Man hat etwas gedacht, das die Kontur des Wortes nicht braucht. Es liegt im Kopf. Das Reden fliegt weg, das Schweigen liegt und liegt und riecht. Es roch wie der Ort im Haus, an dem ich neben mir selbst, bei den anderen stand. Im Hof roch das Schweigen nach Akazienblüten oder frisch gemähtem Klee, im Zimmer nach Mottenpulver oder einer Reihe Quitten auf dem Schrank, in der Küche nach Teig oder Fleisch. Jeder trug seine Treppen im Kopf, auf denen das Schweigen auf und ab ging. Die Frage »was denkst du jetzt« wäre wie ein Überfall gewesen. Es war selbstverständlich, daß man voller Geheimnisse steckt. Jeder sprach über seine Geheimnisse hinweg, wenn wir über die Arbeit und die Gegenstände redeten, die dadurch, daß es sie gab, unser Zusammengehören bewiesen. Auch mein Dazugehören zu denen im Haus. Es lag nicht an ihnen, sondern an mir, daß ich sie zu lange anschaute und zwang, unheimlich zu werden und mich in Frage zu stellen. Daß ich ein kurzlebiger Stoff wurde angesichts ihres Materials mit seiner selbstverständlichen Haltbarkeit, war mein Versagen.

Ich habe die Melone erwähnt, weil sich in ihr der Bibelsatz »Ein jeder trage des anderen Last« in eine Pflanze verwandelte. Anhand der Melone läßt es sich zeigen, wie unaufgebracht das Schweigen als innere Einstellung ein Leben lang im Kopf sitzen bleiben kann, wenn man es für abwegig hält, die Gedanken im Reden zu verbrauchen. Ich ging sonntags morgens gerne in die Kirche, es war die Gelegenheit, mich dem Kartoffelschälen zu entziehen. Niemand im Haus ging in die Kirche, und so ließ man mich gehen, stellvertretend für die anderen. Für die öffentliche Meinung war das gut, und die im Haus dachten sich vielleicht auch, wenn das Kind beten geht, versteht der Herrgott, daß der Rest der Familie keine Zeit hat. Meine Großmutter, die glaubte an Gott, betete morgens und abends, jeden Tag zu Hause für sich. Seitdem ihr Sohn im Krieg gefallen war, ging sie nur noch einmal im Jahr in die Kirche, am Tag der Kriegsgefallenen. Und an diesem Tag saß ich immer neben ihr. Mich lockte die große Gipsfigur der Heiligen Maria in die Kirche, weil man ihr Herz sah. Es war außen auf das hellblaue, zehenlange Kleid gemalt, sehr groß war es, dunkelrot mit ein paar schwarzen Tupfen drin. Mit ihrem erhobenen Zeigefinger machte sie auf ihr Herz aufmerksam. Ein Herz, so schlecht gemalt, daß es schon wieder gut war, ohne Absicht des Dorfmalers in etwas kippte, was es nicht zu sein hatte. Ich ging manchmal mitten am Tag, wenn man mich ins Dorf geschickt hatte, um etwas einzukaufen, kurz in die Kirche. Es war für mich keine Kirche, wenn ich allein da war. Ich besuchte die Maria, machte kein Kreuz, keinen Knicks. In der Kühle zirpten die Grillen hinterm Altar wie abends im Hof. Ich ging schnurstracks zur Maria, sah mir ihr Herz genau an, lutschte ein Bonbon, das ich mir vom Restgeld gekauft hatte, und legte auch ihr eins neben die nackten Zehen. Oder ein Stück Faden, wenn ich Zwirn gekauft hatte, oder ein Streichholz aus der Schachtel, eine Nähnadel oder Drahtspange fürs Haar. Dann ging ich wieder auf die Straße. Einmal hatte ich einen Reißnagel neben ihre Zehen gelegt und kehrte auf halbem Weg wieder um, steckte ihn ein, weil sie hineintreten könnte. Ich betete nie und gab ihr nie eine Blume.

Vom Winter durchs Frühjahr bis in den Sommer hinein war ihr Herz jedesmal, wenn ich es anschaute, eine durchgeschnittene Wassermelone. Erst im Herbst kam der Tag der Kriegsgefallenen, und meine Großmutter ging mit in die Kirche. Ich flüsterte ihr ins Ohr: »Schau mal, das Herz der Maria ist eine halbe Wassermelone.« Sie wippte, da wir zwischen anderen Leuten saßen, einige Male mit dem Knie, erst dann streifte sie wie zufällig mein Knie und flüsterte zurück: »Kann sein, aber darüber muß man nicht reden.« Dann wippte sie noch ein paar Mal, damit man meint, sie tut es so für sich und nicht als Zeichen, daß ich jetzt gut zuhören soll. Und dann auf dem Heimweg kam sie so verkürzt darauf zurück, daß im Reden schon das Schweigen war. Sie faßte das schwarz getupfte Herz und die durchgeschnittene Wassermelone in dem kurzen Wort DAS zusammen, sie sagte: »DAS mit der Maria sollst du niemandem sagen.« Ich hielt mich daran, auch als sie tot war, auch als ich in der Stadt war. Bis ich zu schreiben begann, gab es darüber nichts zu reden.

Von außen gesehen, ähnelt das Schreiben vielleicht dem Reden. Aber von innen ist es eine Sache des Alleinseins. Geschriebene Sätze verhalten sich zu den gelebten Tatsachen eher so, wie sich das Schweigen gegenüber dem Reden verhält. Wenn ich Gelebtes in die Sätze stelle, fängt ein gespenstischer Umzug an. Die Innereien der Tatsachen werden in Wörter verpackt, sie lernen laufen und ziehen an einen beim Umzug noch nicht bekannten Ort. Um im Bild des Umzugs zu bleiben, es ist mir beim Schreiben, als stelle sich das Bett in einen Wald, der Stuhl in einen Apfel, die Straße läuft in einen Finger. Aber es ist auch umgekehrt: die Handtasche wird größer als die Stadt, das Augenweiß größer als die Wand, die Armbanduhr größer als ein Mond. Im Erleben hatte man Orte, einen offenen oder 85 geschlossenen Himmel überm Kopf und Erde, Asphalt oder Zimmerböden unter den Füßen. Man war umgeben von Uhrzeiten, hatte Licht oder Nacht vor den Augen. Es war ein Gegenüber da, Personen oder auch nur Gegenstände. Man hatte den Anfang, die Dauer und das Ende eines Geschehens als Maß, spürte die Kürze oder Länge der Zeit auf der Haut. Und das alles zusammen geschah nie der Worte wegen. Das Gelebte als Vorgang pfeift aufs Schreiben, ist mit Worten nicht kompatibel. Wirklich Geschehenes läßt sich niemals eins zu eins mit Worten fangen. Um es zu beschreiben, muß es auf Worte zugeschnitten und gänzlich neu erfunden werden. Vergrößern, verkleinern, vereinfachen, verkomplizieren, erwähnen, übergehen – eine Taktik, die ihre eigenen Wege und das Gelebte nur noch zum Vorwand hat. Man schleppt das Gelebte beim Schreiben in ein anderes Metier. Man probiert, welches Wort, was vermag. Es ist nicht mehr Tag oder Nacht, Dorf oder Stadt, sondern es herrschen Substantiv und Verb, Haupt- und Nebensatz, Takt und Klang, Zeile und Rhythmus. Das wirklich Geschehene insistiert als Randerscheinung, man verpaßt ihm durch Worte einen Schock nach dem andern. Wenn es sich selber nicht mehr erkennt, steht es wieder in der Mitte. Man muß das Wichtigtuerische des Erlebten demolieren, um darüber zu schreiben, aus jeder wirklichen Straße abbiegen in eine erfundene, weil nur die ihr wieder ähneln kann.

Und man kann und darf dabei, was einem lieb ist, nicht ungeschützt auflaufen lassen, es zerdeppern in einem schlechten Satz. Ich schreibe immer mit dem Nebengedanken, daß die, die mir viel bedeuten, mitlesen, auch wenn sie schon tot sind, besonders wenn sie tot sind. Ich möchte ihnen mit Wörtern beikommen. Das ist das einzige Maß, von dem ich weiß, daß ich es besitze, an dem entlang ich die Sätze für gut genug oder zu schlecht einstufe. Dies ist eine vielleicht naive, in kleinen Stücken verstreute moralische Verpflichtung beim Schreiben. Diese war und ist das Gegenteil von Darüberstehen, von jeder wie auch immer gearteten Ideologie – und daher auch das beste Mittel dagegen. Ideologie hat das Ganze im Auge. Ihrem Urteil nach sind die Sätze erlaubt oder verboten. Um das Erlaubte nicht zu verlassen, loten ideologisch gebundene Autoren in ihren Texten lediglich neue Varianten der vorhandenen Fertigteile aus. Diese sind nur in der Spanne variabel, in der sich das Ganze nicht in Frage stellt. Eine innere, moralische Verpflichtung aus ganz privaten Gründen irritiert die Ideologieliebhaber. Sie fühlt sich dem Ganzen nicht verpflichtet, weiß sogar, daß jeder Text aus dem Vorhersehbaren ausschert, das von der Ideologie angebotene Gelände flieht. Statt erlaubt oder verboten betrachten sich die aus innerer Verpflichtung geschriebenen Sätze als wahrhaftig oder gemimt.

Das Schreiben macht aus dem Gelebten Sätze, aber nie ein Gespräch. Die Tatsachen hätten, als sie geschahen, die Wörter, mit denen man sie später aufschreibt, gar nicht ertragen. Mir kommt das Schreiben immer als Gratwanderung vor zwischen dem Preisgeben und Geheimhalten. Aber auch dazwischen changiert es, im Preisgeben biegt sich das Wirkliche ins Erfundene, und im Erfundenen schimmert das Wirkliche durch, gerade weil es nicht formuliert ist. Die Hälfte von dem, was der Satz beim Lesen verursacht, ist nicht formuliert. Diese nichtformulierte Hälfte macht den Irrlauf im Kopf möglich, sie öffnet den poetischen Schock, den man als Denken ohne Worte gelten lassen muß. Oder sagt man dazu: Gefühl.

Ich bin bei vielen Gegenständen nie draufgekommen, was sie sind, weil sie sich ständig verwandeln, je nachdem, wofür sie gerade benutzt werden. Meine Mutter gab mir das größte Messer in die Hand und schickte mich auf den Dachboden neben den Schornstein in die Räucherkammer. Dort hingen die Schweineschinken. Ich sollte eine Scheibe abschneiden und in die Küche bringen. Beim Treppensteigen fragte ich mich, wieso sie nicht Angst hat, daß ich mit dem Messer etwas anderes tu. Ich könnte hinfallen und mich verletzen. Ich könnte aus Versehen nicht in den Schinken, sondern in meine Hand schneiden. Aber ich könnte mich auch absichtlich mit dem Messer töten. Das Messer wäre immer etwas anderes geworden, wenn ich etwas anderes als Schinkenschneiden damit getan hätte. Ich zog die Zeit, blieb oft sehr lange auf dem Boden. Es kam mir wie Gleichgültigkeit oder gar Vernachlässigung vor, wenn mir die Mutter, als ich wieder in der Küche stand, den Schinken und das Messer ganz selbstverständlich aus der Hand nahm. Ihr fiel außer dem Schinkenschneiden gar nichts ein, sie fragte sich nie, warum ich mit dem großen Messer so lang weg war.

Man sagt »das Taschentuch«, aber welches Taschentuch. Das Taschentuch beim Weinen ist nicht das, mit dem man Abschied winkt, nicht das, mit dem man eine Wunde zubindet, und nicht das, mit dem man sich die Nase putzt, wenn man erkältet ist, und nicht das, in das man einen Knoten macht, um sich etwas zu merken, und nicht das, in welches man sein Geld bindet, um es nicht zu verlieren, und nicht das Taschentuch, das am Straßenrand liegt, weil es jemand verloren oder weggeschmissen hat. Dasselbe Taschentuch ist nie das gleiche. Wie viele nicht gesagte Möglichkeiten gibt es in dem so einfach klingenden Satz: »Die Frau steckt ihr Taschentuch ein.«

An einem Sommerabend auf dem Friedhof sagte mir der Nachbarjunge: Für die Totenseelen ist die Welt nicht größer als ein Taschentuch. Wir wurden spät am Abend, wenn sich die Glut gelegt hatte, kurz bevor es sackdunkel war, auf den Friedhof geschickt, weil man die Blumen auf den Gräbern erst im Kühlen gießen sollte. Hinter der Friedhofskapelle lag der Teich. Die Frösche quakten bis zum Himmel. Wenn wir die Gießkanne zum Füllen im Wasser schwenkten, plumpsten faustdicke Frösche von den Sumpfblättern in die Tiefe, es klang dumpf, wie bei den Begräbnissen die Erdbrocken auf den Sargdeckeln, als wäre man bei seiner eigenen Beerdigung, als höre man den letzten Gruß der Schollen überm Kopf im Sarg. Wir trugen die vollen Kannen und sahen aus den Gräbern, an denen wir nichts zu tun hatten, weißen Dunst steigen. Die Blumen gossen wir jeder für sich, es ging schnell, die Erde hatte Durst. Dann setzten wir uns nebeneinander auf die Kapellentreppe und machten einer den andern auf die Gräber aufmerksam, aus denen gerade eine Seele flog. Wir sprachen kein Wort, um die Seelen nicht zu verscheuchen. Einmal flog eine Seele aus einem leeren Grab. Der Tote war wie der Sohn meiner Großmutter weit weg von hier im Krieg gefallen. Seine Seele war ein mageres Huhn. Auf dem Grabstein stand: Ruhe sanft in fremder Erde.

Erst auf dem Heimweg sprachen wir über die Seelen. Wir einigten uns immer auf ein Tier. Es gab Eidechsseelen, Rebhuhnseelen, Schneegans-, Hasen- und Kranichseelen gab es. Totenseelen fliegen überall hin, sagte der Nachbarjunge, für sie ist die Welt nicht größer als ein Taschentuch.

Und wie kommt ein Leichentuch im Gras dazu, auf einem Foto wie ein Taschentuch auszusehen. Und wie kommt ein Leichenfoto des Sohns dazu, der Mutter als Lesezeichen im Gebetbuch zu dienen. Wie geht ein Tod auf ein braun-weißes Foto, das nicht größer ist als eine Streichholzschachtel. Wie macht er sich so klein und läßt rundherum noch fingerbreit den Rand leer für das Gras. Der im Krieg von einer Mine zerfetzte Sohn meiner Großmutter ähnelt auf dem Taschentuch im Gras einer Handvoll angefaultem, vom Wind zusammengetriebenem Laub. Wie traut sich ein Frontfoto als Todesmeldung Leichentuch und Taschentuch, Mensch und Laub zu verwechseln. Den Verlust des Sohns konnte meiner Großmutter niemand abnehmen. So wie mich die Aprikosenbäume an den toten Vater erinnerten, erinnerte sie ein Akkordeon an den toten Sohn. Das Akkordeon war sein zurückgelassener Gegenstand, der ihn zu vertreten hatte. Trotz des Buckels glich der Akkordeonkoffer einem Sarg. So zerfetzt wie der Sohn in der Nähe von Mostar in ein Massengrab kam, hätte er wahrscheinlich zweimal in diesen Koffer hineingepaßt. Sie verehrte diesen buckligen Akkordeonsarg, er stand zwischen Kachelofen und Bett im Paradezimmer. Wenn man durch die Tür kam, fiel der Blick drauf. Manchmal, wenn alle im Haus weit genug weg im Garten waren, öffnete ich den Koffer und sah das Akkordeon an. Die weißen und schwarzen Tasten glichen dem weißen Leichentuch und dem schwarzen Gras des Fotos. Der Akkordeonkoffer war der Kultgegenstand meiner Großmutter. Sie ging täglich in das Zimmer, das nicht von uns, sondern von diesem Akkordeonkoffer bewohnt wurde. Sie schaute den Koffer stumm an, wie man in der Kirche die Heiligen ansieht und im stillen um Hilfe bittet. Sie hatte ihren toten Sohn mitten im Haus, vergaß, daß ein Akkordeon kein Mensch sein kann, daß es einem Akkordeon egal ist, wem es gehört. Wie kommt eine Mutter dazu, ein Akkordeon mit ihrem Sohn zu verwechseln. Welche Sätze taugen, um zu beschreiben, wie sich der Verlust in einen Gegenstand verwandelt, der sich ohne nachvollziehbaren Grund anbietet, die verschwundene Person in ihn zu projizieren. Und wie kommt ihr Mann, der bis 1945 ums ganze Dorf Feld besaß und Getreide- und Kolonialwarenhändler war und, vom Sozialismus enteignet, nur noch eine Truhe voller Quittungsblöcke für ganze Güterzüge mit Getreide oder Kaffeebohnen hatte, wie kommt er dazu, in die Rubriken für Tonnengewichte seinen winzigen, täglichen Einkauf zu notieren. Die erste Rubrik heißt: Name der Lieferung – und er schreibt hinein: »Streichhölzer«. Die zweite Rubrik heißt: Menge Waggons / Tonnen – und er schreibt hinein: »1 Päckchen«. Die dritte Rubrik heißt: Wert in Hunderttausend / Million – und er schreibt hinein: 2 Lei / 05 Bani (auf deutsch 2 Mark/ 05 Pfennig). Das Feld, die Landwirtschaftsmaschinen, seine Konten auf der Bank, seine Goldbarren, alles hatte ihm der Sozialismus enteignet. Auch sein Haus, der Hof mit den Wirtschaftsgebäuden gehörte dem Staat. Er durfte mit Frau, Tochter und dem Schwiegersohn nur zwei Zimmer bewohnen. Alle anderen wurden als Getreidelager benutzt, Weizen und Gerste und Mais von den Fußböden bis zur Decke. Die vollen Laster fuhren vom

Frühsommer bis Spätherbst zum hinteren Tor hinein, zum vorderen leer hinaus. Mein Großvater, der ehemals bis nach Wien bekannte Getreidehändler, war, nachdem der Sozialismus die Enteignung der »Ausbeuterklasse« abgeschlossen hatte, so arm, daß er nicht einmal mehr Geld besaß für den Friseur. Nur seine vorbestellten Quittungsblöcke, die noch für zehn Jahre Getreidehandel gereicht hätten, ließ man ihm, sie füllten eine große Truhe.

In dieser Demütigung begann mein Großvater seinen Kleinkram in die Rubriken hineinzuschreiben. »Damit mir der Kopf nicht einrostet«, sagte er. Aber er suchte Halt in dieser Praktik, die seinen Niedergang dokumentierte. In der Konfrontation mit seinem Sturz suchte er Würde. Er klagte nie, schrieb den nichtigen Einkauf aus dem Dorfladen in die Rubriken: 1 Meter Docht für die Petroleumlampe, 3 Meter Hosengummi, 1 Tube Zahnpasta, oder 1 Glas Senf. Er rechnete die Ausgaben des Tags zusammen, dann die Woche, den Monat, das Jahr. Das Gedruckte der Rubriken und das, was er dann als Habenichts in Handschrift eintrug, zeigte ihm vielleicht ohne ein Wort soviel, wie mir nach dem Verhör die Dahlien im Garten zeigten. Oder soviel, wie mir die Gedichte zeigten, die ich mir aufsagte für den täglichen Halt. Es waren ja auch bei mir immer Gedichte, die mir bestätigten, daß es ausweglos ist in meinem Leben. Niemand konnte meinem Großvater die verdammten Quittungsblöcke ausreden. Erst als ich in der Stadt war, mir das Gedichteaufsagen angewöhnt hatte, begriff ich, die Quittungsblöcke des Großvaters sind nicht seine Gebete, sondern seine Gedichte. Eventuell seine Dahlien.

Wegen der Nähe zu Pflanzen, in die ich als Dorfkind geraten war, schrieb ich auch den Stadtpflanzen Absichten zu. Feindselig wie im Dorf der Mais wurden in der Stadt Thuja und Tannen. Sie waren die Pflanzen der Herrschenden und die Dahlien und Pappeln die Pflanzen der Haltlosen. Thuja und Tannen dienten der Macht als immergrüne lebende Zäune um die Staatsgebäude und Privatvillen. Ob man will oder nicht, die Samenkapseln der Thuja, die Tannenzapfen sehen aus wie Miniaturen von Urnen. Diese Pflanzen hatten ihr Naturell verlassen, ich war überzeugt, sie halten zum Staat. Zu den Herrenpflanzen gehörten auch die Gladiolen, als Feiersträuße des Regimes streckten sie sich an den Tribünen über delikaten Farn, der längst gewelkt war. Gladiolen wie blühende Knüppel, und rote Nelken wie Parteiabzeichen. Und es gab auch Herrentiere: die Menschenfleisch fressenden Möwen an der Donau und die Wachhunde der Polizisten, Gefängniswachen und Grenzsoldaten. Die Ameisenketten fraßen nur die Hauswände der armen Leute hohl. Die Flöhe und Läuse plagten nur ihre Haut. Und die Fliegen. In der Gruppe trieben die Freunde und ich abends ein Spiel mit den Fliegen. Es hieß: »Die Selbstkritik der Fliege.« Wir machten in der Küche Licht, setzten uns alle ins dunkle Zimmer um den Tisch. Dann stand einer von uns auf, machte das Licht in der Küche aus und im Zimmer an. Im Moment, wenn das Zimmer hell wurde, riefen wir den Namen eines Geheimdienstlers, auf den wir uns vorher geeinigt hatten. Da Fliegen zum Licht ziehen, kam nach ein paar Augenblicken der Geheimdienstler als brummende Fliege ins Zimmer geflogen. Er setzte sich jedesmal, weil dort das Licht am hellsten war, zuerst auf den Tisch. Wir lachten verstörend laut, kommentierten, wenn die Fliege 93 durchs Zimmer schwirrte, ihren Flug. Und manchmal lief das Spiel umgekehrt, wir gaben der Fliege einen unserer Namen, spielten es in Wiederholung so oft, bis wir alle als Fliege ins Zimmer gekommen waren. Bis uns die Fliege bewiesen hatte, daß wir komplett sind, weil es uns alle noch gibt. Damals gab es uns noch alle, später nicht mehr. Dann kam die Nachtseite. Vielleicht spielte ich deshalb später statt mit der Fliege mit ausgeschnittenen Zeitungswörtern:

die Stille geht womöglich
durchs Häuschen eines Apfels
wie Damen mit den Hunden
wie Namen durch die Zeitung
wie Fahnder durch den Sommer
hungrig auf Wind und Erde
die Nachtseite der Kehle
trug einmal eine Fliege
die aus der Küche kam

Was man so glatt Geschichte nennt, war ja auch bei jedem in meiner Familie vom Nationalsozialismus über die fünfziger Jahre die Nachtseite der Kehle. Jeder von ihnen wurde von der Geschichte aufgerufen, mußte sich bei der Geschichte als Täter oder Opfer melden. Und bei der Entlassung aus der Geschichte blieb keiner von ihnen unversehrt. Mein Vater betäubte seine SS-Soldaten-Zeit im Suff. Meine Mutter schlug sich herum mit der halbverhungerten Kahlköpfigen, die sie als Deportierte war, meine Großmutter verehrte den Akkordeonkoffer, mein Großvater ließ nicht ab von seinen Quittungsblöcken. Jedem von ihnen stießen im Kopf Dinge zusammen, die sich nie begegnen dürften. Richtig verstanden, wie die Beschädigungen dieser meiner Angehörigen ihnen zu schaffen machen, habe ich erst, als ich selber im Ausweglosen angekommen war. Erst dann wußte ich, daß alle Nerven von einem zu tiefen Einbruch für immer überfordert bleiben. Daß diese Überforderung sich behauptet in den späteren Tagen, ja sogar auf die Zeit davor zurückgreift. Sie verändert nicht nur die Dinge danach, auch vorherige, die mit dem Riß im Leben nichts zu tun hätten, wenn es den Riß nicht gäbe. Alles wird von dieser Schneise magnetisiert, im ganzen Kopf und im ganzen Leben ist nichts mehr von ihr zu trennen. Was vor dem Riß war, präsentiert sich im Nachhinein, als wäre es schon versteckt und daher unerkannt schon damals eine unverhohlene Ankündigung des späteren Verlusts gewesen, ein Prolog, der leichtsinnig ignoriert wurde.

Ich war mit 17 zum ersten Mal mit einer Schulklasse am Schwarzen Meer. Das Wasser grün mit weißem Schaum. Mit meinem dorfgrünen Blick war es für mich die größte glatte Wiese, die ich je gesehen hatte, mit dem meisten Wiesenschaumkraut, das jemals wachsen konnte. Eine Wiese voll zum Überlaufen. Ich kannte das zum Himmelrand stoßende, große grüne Weideland, so flach, daß jeder Mensch von weitem zu sehen war. Eine Übersichtlichkeit, in der man vor allem für sich selber ungeschützt sichtbar wurde, von den Zehen zu den Fingern so durchsichtig, daß einen fast der Himmel schluckte. Man brach ein im Kopf, aber nie unter den Füßen. Wahrscheinlich wagte ich mich vertrauend aufs Grasland ins tiefe Wasser hinein, ohne daran zu denken, daß ich nicht schwimmen kann.

Der Boden war weg, aus der Wiese zum Überlaufen hoch wurde Wasser zum Untergehen tief. Ich versuchte gar nicht zu schwimmen, dachte nur noch, jetzt frißt mich das Meer. Ich wurde bewußtlos, kam am Ufer wieder zu mir, und viele Leute standen um mich herum. Jemand hatte mich ertrinken sehen und rechtzeitig aufs Trockene geschleppt. Ich war so verwirrt, daß mir gar nicht einfiel, zu fragen, wer mich gerettet hat. Ich habe mich nicht einmal bedankt. Denn am nächsten Tag, als ich die Frage endlich stellte, zuckten alle die Schultern und sagten: Es war ein fremder Mann, der nach der künstlichen Beatmung den Menschenhaufen gleich verließ.

Das Wasser war für mich an den restlichen elf Ferientagen eine Bannmeile. Ich vertrieb mir die Zeit auf dem Asphalt der Cafés, als wäre das Meer nicht vorhanden, sah mich jedoch, überall, wo ich war, als Ertrinkende. Das Wasser hörte nicht auf, mir die Ohren zu füllen. Der Gelassenheit beim Ertrinken folgte der Schrecken, er ließ sich nicht abstreifen. Ich erzählte später vom Meer, sagte denen zu Hause nichts vom Ertrinken, den Hunger des Meers auf Fleisch behielt ich genauso für mich, wie ich den Hunger der Felder auf Fleisch verschwieg. Wenn ich schweige, schläft der Schrecken in mir ein, so schien es mir. Wenn ich rede, wacht er wieder auf. Und als ich darüber schrieb, verlegte ich den Ort, dachte mir Gletscherseen im Gebirge aus, weil sie hoch oben sind und der Himmel noch näher ist.

Zehn Jahre nach dem Beinah-Ertrinken im Meer war ich der Schikanen des Geheimdienstes so überdrüssig, daß ich auf den Gedanken kam, dem Scheißleben ein Ende zu machen, indem ich mich im Fluß ertränke. Ich konnte noch immer nicht schwimmen, das war gut. Aber ich haßte auch noch immer die Hinterhältigkeit des Wassers. Dennoch tat ich mir am Flußufer zwei Steine in die Manteltaschen. Es war Frühjahr, die Sonne flau, die frischen Pappeltriebe rochen süßbitter wie Karamel. Ich war leicht euphorisch bei dem Gedanken, daß ich aus der Umzingelung ausscheren kann. Still und schlau aus dem Leben weg, dachte ich, und wenn der Vernehmer mich nächstes Mal demontieren will, bin ich nicht mehr zu haben. Und er steht monströs allein in den Sonnenflecken auf dem verdammten Fußboden. Daß ich mir dabei das Leben nehme, das ich gemocht hätte, wenn es nicht so verpfuscht worden wäre, spielte gar keine Rolle mehr. Außerhalb der Angst vor dem Getötetwerden war ich für mich nicht mehr vorhanden. Von heute aus gesehen, ist es unlogisch, ich hatte diese Angst doch, weil ich leben wollte. Aber ich war mit den Nerven so fertig und so fixiert auf die Angstmacher, daß ich es als Triumph empfand, mich ihnen wegzunehmen. Die Rache an ihnen wurde so plausibel, wenn ich meinen Suizid plante, daß mir gar nicht einfiel, wie unabänderlich ich mich dabei an mir selber rächen muß.

Ich hatte mir zwei Steine in die Manteltaschen gezwängt, so dick, daß die Taschenklappen nicht mehr zugingen. Alles paßte, aber warum legte ich die Steine dann wieder auf den Boden. Ich merkte mir die Uferstelle, wo sie lagen. Ich kannte sie und sie kannten mich, und ich wußte, wenn es sein muß, kommen wir zueinander. Ich war mit mir im reinen, sehr ruhig ging ich zurück in die Stadt. Ich hatte den Tod geübt, kannte nun die Handgriffe, mit denen man ihn kriegen kann. Er ließ mich noch mal   97 laufen, aber abweisend war er nicht. Ich nahm es als Aufschub, weil das Wasser noch sehr kalt war, weil die Frühjahrssonne noch so schläfrig daran leckte. Dazu hab ich später geschrieben: »Mir pfiff der Tod. Ich mußte Anlauf nehmen. Ich hatte mich fast in der Hand, nur ein winziges Teil machte nicht mit. Vielleicht war es das Herztier.«[17] Und viel später stellte ich ausgeschnittene Zeitungswörter als Collage so zusammen, daß meine wirklichen Flußsteine in erfundenen durchschimmern:

am Mittelpunkt des Tages ging Heinrich aus der Firma
ein Vogel sang den Wind entlang dort über dem Kanal
ein Himmelmuttermal es schaukelte
die Spanne Draht wie eine Hosennaht Heinrich
ging auf Steinen tat sich in Rock und Hose
die größten von den kleinen so hagelglitzernd schwer
als ob er nie gewesen wär sein einziges
Motiv das Wasser hoch zum Überlaufen zum
Untergehen tief der Vogel hat ein Nest
im Klammergriff der Esche und im Gesicht ein
Singgerät und nonnenschwarze Wäsche

Wie so vieles andere, hat der Geheimdienst einige Tage nach dem Üben mit den Steinen am Flußufer mir den Wunsch, mich durch Ertränken zu entziehen, konfisziert. Ein mir unbekannter Vernehmer kam zu mir in die Fabrik, schloß meine Bürotür von innen ab, legte den Schlüssel auf den Tisch, setzte sich und verlangte von mir Wasser. Ich goß Mineralwasser ins Glas, er sah mir dabei zu. So lange wie damals hat es sonst nie gedauert, bis ein Glas mit
98 Wasser voll war. Obwohl ich selber nicht wußte, was ich

jetzt gerade dachte, kam es mir vor, als sehe er es, als laufe es wie eine Schrift durch mich hindurch. Obwohl er schon die Tür abgeschlossen hatte, tat er in seinem Warten so, als könne er erst richtig ankommen, wenn das Glas voll ist. Dann war es voll, und ich hatte nichts verschüttet. Dann prickelte das Wasser im Glas und die Luft war wie gefroren. Es war so still zwischen mir und ihm, daß man die Bläschen knistern hörte. Da begann er zu schreien, brachte sich in Rage und vergaß sein Glas Mineralwasser. Er spreizte die Ellbogen so breit auf den Tisch, überdehnte die Schultern, daß er den Nacken einziehen mußte. Es zerriß ihm die Stimme, an seinem Hals quoll die Ader wie blauer Draht. Ich stand, weil er auf meinem Stuhl saß, lehnte mit dem Rücken am Schrank und piepste nur hie und da einen unsinnigen Satz. Meine Angst gab sich den Anschein von Ruhe. Er mußte gemerkt haben, daß er es so nicht packt, denn er änderte die Taktik. Er schluckte leer, wischte sich die Stirn mit dem Handrücken, behauptete, daß ich ihn zum Narren halte, obwohl ich gar nicht zum Reden gekommen war, und gab seiner Stimme den Anschein von Gelassenheit. Er hob seine Krawattenspitze hoch, legte sie neben das Glas auf den Tisch, sah sie an, als würde er die Streifen zählen, und sagte, als würde er mich mit etwas versöhnen: »Ist schon gut, wir stecken dich ins Wasser.« Dann hob er das Glas vom Tisch und die Krawattenspitze mit, sie fiel auf seinen Bauch zurück, und er trank das Glas in einem Zug leer. Als er sich den Mund abwischte, dachte ich an meine beiden Steine am Fluß und wußte, das wird nichts mehr: »Ich werde mich nie ertränken. Er will meinen Tod, er droht mir mit dem Fluß, soll er sich doch mit mir abmühen, diese Drecksarbeit gefälligst 99 selber tun.« Ich hielt mich ab diesem Tag vom Fluß fern, aber so fern, daß ich nicht mehr wußte, wo die Steine liegen, war er nicht einmal, wenn ich in der Straßenbahn drüber fuhr. Die Sonne war in den Sommer gerutscht, das Wasser bestimmt nicht mehr kalt. In der Nähe meiner Steine blühten grünspangraue Kugeldisteln.

Der Geheimdienst hat diese Drecksarbeit nicht für mich getan und ich nicht für ihn. Daß er ein Glas Wasser in einem Zug leer trank und vom Ertränken sprach, ekelte mich dermaßen, daß ich, nachdem er weg war, alles Wasser, das noch in der Flasche war, in den Abfluß goß und sein leeres Glas, um nie wieder selber daraus zu trinken, in den Papierkorb warf. Und am nächsten Morgen stand es wieder auf meinem Tisch. Die Putzfrau dachte wahrscheinlich, es sei versehentlich in den Papierkorb gelangt. Um sicherzugehen, daß ich es loswerde, steckte ich das Glas, als der Arbeitstag vorbei war, in die Handtasche und warf es auf dem Heimweg in einer staubigen Nebenstraße mit Schwung an einen Betonpfosten. Es fuhr ein Laster, ich hörte es nicht, es war leiser im Zerbrechen als das Knistern des Wassers am Vortag. Und im Kopf herum ging mir ein Satz, den ein Freund irgendwann gesagt hatte. Es ging im Gespräch damals um die rumänische Sprache, und er hatte gesagt: »Was ist denn das für eine Sprache, in der es nicht einmal ein Wort für Wasserleiche gibt.« Nach der Drohung des Wassertrinkers wurde dieser Satz für mich ein Trost: Wenn es im Rumänischen das Wort Wasserleiche gar nicht gibt, dachte ich mir, kann der Geheimdienst mich gar nicht ertränken. Ich kann doch nicht etwas werden, wofür es in seiner Sprache kein Wort gibt. Diese

wortlose Stelle im rumänischen Vokabular stand mir vor

Augen wie ein Schlupfloch. Ich hoffte, die kriegen mich nicht, wenn es ernst wird, verschwinde ich, schlüpfe dort hinein, wo es kein Wort gibt. Vom Verhör hab ich den Freunden erzählt, das Wassertrinken, die Krawatte beschrieben. Aber das Ausgießen der Flasche, das Wegwerfen des Glases nicht erwähnt. Und schon längst nicht das Schlupfloch, durch das ich verschwinden wollte.

In einem späteren Sommer sah ich die Leiche einer jungen Frau auf dem Armenfriedhof. Sie nahm mir die Illusion, daß man nicht ertränkt werden kann, weil's für die Leiche im Rumänischen kein Wort gibt. Sie verpaßte mir einen Schock, und ich schenkte ihr dafür zwei Kirschen.

Bei einem der Freunde war wieder mal in seiner Abwesenheit die Wohnung durchsucht worden. Und diese Hauskontrolle wurde wieder einmal als Einbruch inszeniert. Wir kannten das Spiel, es wiederholte sich alle Jahr ein paar Mal bei jedem von uns. Die Bücher und Papiere waren durchwühlt, Bilder aus den Rahmen gerissen, der Saum des Vorhangs aufgetrennt. Das Geld, der Schmuck war nicht angetastet. Wenn man mit der Durchsuchung fertig war, wurde ein einziger kleiner Gegenstand mitgenommen, der keine Umstände machte: ein Wecker, eine Armbanduhr, ein Taschenradio. Und bevor man ging, wurde die Haustür beschädigt, um einen Einbruch vorzutäuschen. Die Polizei war immer schon da, wenn man nach Hause kam. Die Hausdurchsuchung wurde auf Grund des einen fehlenden Gegenstandes als Diebstahl protokolliert. Und irgendwann kam eine Vorladung zum Prozeß. Einem Gefangenen, der wegen Diebstahls einsaß, wurde der vom Geheimdienst mitgenommene Gegenstand untergejubelt. Der Häftling wurde vorgeführt und   101 mußte gestehen, daß er der Einbrecher war. Meinem Freund fehlte damals ein kleines Transistorradio, und er erhielt die Nachricht, daß der Dieb Ion Seracu im Gefängnis gestorben sei. Mein Freund wollte beim Gericht die Adresse seiner Familie erfahren – und es hieß, es gäbe keine Hinterbliebenen, der Tote habe niemanden. Wir wollten die Auskunft überprüfen. Wissend, daß Tote, die niemanden haben, auf den Armenfriedhof kommen, gingen wir dorthin. Aber auch wegen des seltsamen Namens, den man dem angeblichen Dieb verpaßt hatte: Seracu. SARAC heißt auf Rumänisch ARM. Der Friedhof war von sehr hohen Betonwänden umstellt und bekannt als der Ort, an dem der Staat seine Opfer verscharrt. Es war um die Mittagszeit, Hochsommer, Gluthitze. Auf dem Friedhof blühten kniehohe Gräser, stechend grell prahlten ihre Farben. Und auf Trampelpfaden schleppten magere, herrenlose Hunde Leichenteile hin und her, Finger, Ohren, Zehen. Wir fanden das Grab mit dem Namen Ion Seracu. Es lag ein Strauß Blumen drauf, keine Grasblüten, sondern Rosen. Sie waren noch frisch, und der Tag war heiß, sie lagen noch nicht lange da. Kurz vor uns hatte der Tote Besuch. Von wem?

In der Friedhofsmitte stand ein Betonhäuschen. Auf die Wand hatte jemand mit roter Ölfarbe: »Blutsauger« geschrieben. Das Häuschen hatte eine enge Türöffnung, aber keine Tür. An der Wand innen war ein Waschbecken, in der Mitte des Raums ein Betontisch. Und auf dem Tisch lag eine nackte tote Frau. Die Beine waren an den Knöcheln mit Draht gefesselt, auch an einem Handgelenk dieser Draht, die Handfesselung war aufgerissen worden, man sah die Einschnitte am Puls des anderen Arms.

Haare, Gesicht und Körper dick mit Schlamm verklebt. Die Tote war das, wofür es im Rumänischen kein Wort gibt: eine Wasserleiche. Eine gefesselte Wasserleiche war keine Ertrunkene, sondern eine Ertränkte. Ich hatte auf dem Weg zum Friedhof dummerweise, nur weil wir am Markt vorbeigekommen waren, eine Tüte Kirschen gekauft. Ich wußte mir nicht zu helfen, griff in die Tüte und legte der Toten zwei Kirschen auf die Stellen, wo die Augen in den Kopf gesickert waren. Wir gingen weg, sprachen bis zum Ausgang kein Wort, konnten die Beine kaum biegen. Die Gräser waren unerträglich schön, ich spürte, daß sie hungrig sind nach mir. Mir war, als werden sie starr und lassen uns nicht mehr raus durchs Tor. Waren die Gräser ein Blumengeschenk für die Toten, die niemanden hatten, oder ein blühendes Versteck für die Morde des Staats. Oder beides. Oder weder eins noch das andere, sondern im Zwang der Ängste nur ein dummes Bedürfnis, das einzuordnen, was man nicht verkraftet. Der Freund und ich erzählten den anderen aus dem engen Kreis von den Rosen auf dem Grab, von dem Häuschen mit der gefesselten Frau. Über die Hunde und Kirschen schwiegen wir beide ohne Absprache. Über die Gräser schwieg ich allein, wie ich es von früher gewohnt war.

Als wir dann paar Jahre später alle hier in Deutschland angekommen waren, uns vorgenommen hatten, über das Maßlose an Ceaușescus Verbrechen zu sprechen, sagten die Freunde uns beiden Friedhofsbesuchern, vom Armenfriedhof sollten wir lieber schweigen: »Das glaubt euch keiner, damit macht man sich nur lächerlich. Das führt höchstens dazu, daß man uns für verrückt hält und gar nichts mehr glaubt.« So habe ich den Armenfriedhof nie erwähnt, wenn ich Beispiele für die Drastik des Regimes zu liefern hatte. Ich hab mich harmloser Beispiele bedient und gesehen, daß die Warnung richtig war, schon die harmlosen Beispiele galten hierzulande als übertrieben. Ich handelte mir schon damit den Verdacht ein, daß mein Kopf nicht richtig tickt. Ich erinnere mich an die Zeit der Diktatur als an ein Leben am dünnen Faden, an dem ich immer mehr wußte, was man mit Worten nicht sagen kann.

Ich hab dieses Wissen, mit dem man sich lächerlich macht, nicht fallenlassen, im Schreiben nicht außer acht lassen können. Ich habe mich kapriziert, dem Friedhofsgras beizukommen, es von seiner Rückseite und meinem Zeitabstand her zu packen, es durchs Erfinden unkenntlich zuzuschneiden fürs Wort. Weggezerrt vom Armenfriedhof steht im Roman »Herztier« als beiläufige Einsicht, die immer anders wiederkehrt: »Mit den Wörtern im Mund zertreten wir so viel wie mit den Füßen im Gras. Aber auch mit dem Schweigen.« Oder: »Das Gras steht im Kopf. Wenn wir reden, wird es gemäht. Aber auch, wenn wir schweigen. Und das zweite dritte Gras wächst nach wie es will. Und dennoch haben wir Glück.«[18] Oder: »Ich wollte, daß die Liebe nachwächst, wie das gemähte Gras. Soll sie anders wachsen, wie Zähne bei den Kindern, wie Haare, wie Fingernägel. Soll sie wachsen, wie sie will.«[19] Und später heißt es im Text: »Heute horcht das Gras, wenn ich von Liebe rede. Mir ist, als wäre dieses Wort zu sich selber nicht ehrlich.«[20]

Der Kahlkopf einer Mutter, der Suff eines Vaters, der Akkordeonsarg einer Großmutter, die Quittungsblöcke eines Großvaters, die Gesichter einer Dahlie, der Verrat ei-

ner Freundin, die zweischneidige Schönheit eines Fried-
hofsgrases ließen sich vielleicht ersetzen durch andere Beispiele, wenn man übers Leben spricht. Aber auch in diesen
anderen Beispielen wären Dinge, die Bekanntschaft gemacht haben mit der »Nachtseite der Kehle«, und auch auf
sie träfe der Satz zu: »Wenn wir schweigen, werden wir
unangenehm, wenn wir reden, werden wir lächerlich.«

Einmal anfassen – zweimal loslassen

Die einzelnen Momente aus der Vergangenheit könnten mir selber nicht so grell und neu durch die Gegenwart gehen, wenn ich sie seinerzeit, als sie gelebte Augenblicke waren, durchschaut hätte. Vielleicht mußte ich seinerzeit immer wieder zu viel auf einmal tun oder vermeiden. In jedem Geschehen stand ein Zwischenraum, das Nichtplazierte, das Kopfzerbrechen, vor wem und wann, wo und wie soll man reden oder schweigen. Vom Regime beäugt, das Unerlaubte ausreizen, bei Sitzungen in der Fabrik, beim Verhör seinen Ekel durchs Schweigen deutlich machen, eine Haltung an den Tag legen, die sichtbar, aber nicht nachweisbar ist. Und wenn es sein muß, reden, aber nichts beantworten, die Frage aufgreifen, indem man Worte daraus immer wieder selbst benutzt. Aber gerade mit diesen Worten im Zickzack laufen, flunkern und vernebeln. Vielleicht mußte ich das Vertrackte instinktiv auf Distanz halten, aufpassen, daß es nicht in seinem ganzen Ausmaß im Kopf ankommt, mir zu jedem bekannten Schrecken ein Stück Ahnungslosigkeit zulegen, die die Wahrnehmung begleitet, mich ihre Folgen nicht begreifen läßt. Ich glaube, dafür gibt es im Kopf eine Einrichtung, einen Schutzmechanismus, der wie eine Bahnschranke funktioniert und sich schließt, wenn ein rasender Zug kommt. Denn ich bin bis heute beschämt, wie wenig ich damals vom Ausmaß der Dinge kapiert habe. Ich wundere mich, wie wenig ich an jeder Gegenwart das Gepäck erkannt habe, das sie mir, als sie vorbei war, mitgegeben hat für die Zukunft. Das Nachhinein schert sich nicht um die Trennung von Vergangenheit und Gegenwart. Die erinnerte Zeit von damals und die heutige, die ja an jedem nächsten Tag auch schon erinnerte ist, streunt nicht chronologisch durchs Gedächtnis, sondern als Facetten von Dingen. Es treffen immer neue Details aufeinander, sie paaren sich neu, sehen in jeder Paarung anders aus. Im Kopf marodiert das unterste Ausmaß der Dinge. Das Nachhinein ist angesichts dessen, was man drüber zu wissen glaubte, unverschämt neu. Das unterste Ausmaß feilscht mit der Gegenwart genau um das, was seinerzeit des Tuns nicht nötig und der Rede nicht wert gewesen ist. Die Mischung mit der Gegenwart legt hämisch die dritte, fünfte oder zwanzigste Facette der früheren Zeit frei, das unscheinbar versteckte Fadenzeug, welches damals zu nah hinter oder zu weit vor den Augen lag. Das Erinnern hat seinen eigenen Kalender: Lange Zurückliegendes kann kürzere Vergangenheit als gestern Geschehenes sein. Ich könnte sagen: Ich treffe meine Vergangenwart in der Gegenheit im Hin und Her vom Anfassen und Loslassen. Ich muß ein Beispiel nennen.

Kurz nach meiner Ankunft in Deutschland fuhr ich nach Marburg und traf im Zug INGE WENZEL AUF DEM WEG NACH RIMINI. In Marburg wohnte ich im Gästehaus der Uni, im Park neben der Lahn. Ich sah aufs Wasser, wiederholte das LA und dehnte es, bis der Flußname LALA 107 wie ein Lied und am Gaumen kühl wie Wasser war. Im Fluß saß der Kies nicht tief, nur der Park war tief grün und das Haus so weiß, daß es flimmerte. Angstmachend schön war das alles für eine aus einem armseligen Land Dahergelaufene mit kaputten Nerven. Drum wollte ich im Alleinsein mein Spielchen mit dem LALA machen, diesem intakten Ort, der meine Verstörtheit erst recht zur Schau stellte, beikommen. Ich wollte mich ins Vertrauen zu diesem Ort zwingen, mir den ruhigen Blick aufs Schöne wieder angewöhnen, nicht schon wieder automatisch daran denken, daß ich die Diktatur verlassen habe und andere, die ich mag, dort sind und weiter ruiniert werden. Vielleicht wäre mein Versuch diesmal gelungen, wenn nicht drei weiße Enten erschienen wären. Sie ließen sich das leere Wasser in die gelben Schnäbel hineinlaufen, schlenkerten mit ihren Köpfen und eigelben Schwimmhäuten der Füße, sie kauten die Tropfen durch und ließen sie aus den Schnäbeln wieder herausrinnen. Sie tranken nicht, sie aßen Wasser – ihre Schnäbel waren goldenes Besteck, ihre Schwimmhäute goldene Wasserhähne, die das kalte und das warme Wasser mischten. Daran denkst du jetzt nicht, nahm ich mir vor, als ich längst an das goldene Besteck und die goldenen Wasserhähne des Diktators dachte. Er war noch an der Macht, als ich die Enten sah. Und es zirkulierte, als ich noch in Rumänien lebte, dieses scheußliche Gerücht, Ceaușescu esse mit goldenem Besteck und habe im Bad goldene Wasserhähne.

So verbinden sich Details von jetzt und damals. Unversehens, grundlos, unerlaubt entsteht die Vergangenwart in der Gegenheit. Dem Gerücht vom Goldkönig des Elends habe ich damals nicht geglaubt. Bis ich ihm glauben mußte, weil es sich lange nach Marburg bei der Haushalts-inventur des gestürzten Herrschers bestätigt hat. Warum sah ich ausgerechnet an den Enten auf der Lahn den Diktator mit Goldbesteck essen und Goldhähnen Wasser mischen, obwohl mich dieses Gerücht vorher nie beschäftigt hatte. Es machte in der Fabrik immer zur Essenszeit die Runde, wenn das »Proletariat« in der glutheißen oder hundskalten Halle zwischen den Ölpfützen der Maschinen das harte Brot und den ranzigen Speck aus dem Zeitungspapier wickelte, deprimiert kaute und die Schnapsflasche herumgehen ließ. Ich hielt das Gerücht für eine Spinnerei, es klang wie die dümmliche Vorstellung der Habenichtse vom Reichtum. Doch in Marburg wurde mir schlecht vom goldenen Schmatzen und Wassermischen weißer Enten. Meine Verachtung für den Parvenu-Diktator war alt, mein Kopf kannte sie. Aber mein Kopf kannte auch mindestens drei Dutzend Arbeiter, die jeden Tag seit meiner Auswanderung, auch an dem, an dem ich die Enten sah, zwischen den Ölpfützen ranzigen Speck aßen. Ich hatte schon öfter in Deutschland, wenn im Restaurant das bestellte Essen kam, geweint, weil ich an das Essen zwischen den Ölpfützen dachte. Ich hatte Hunger, aber keinen Appetit, weil mir einfiel, daß ich so viele Leute mag, die gar nicht ahnen, was die Diktatur ihnen alles vorenthält.

An der Lahn kamen drei weiße Enten als Vergangenheit. Mir wurde übel im Magen von ihrem Wasserkauen und schwindlig im Kopf, der Fluß glänzte und hob sich. Ist das Beschädigung, wenn an intaktem Ort, tausend Kilometer vom Elend entfernt, der verabscheute Herrscher einem sein Gold buchstäblich in die Eingeweide drücken kann. 109

In solchen Momenten, wenn sich Gegenwart und Vergangenes durchkreuzen und gegenseitig den Sinn nehmen und sich beide verzerren in unerwarteter Dimension, ist man völlig verrückt und glasklar normal. Man steht kauzig neben sich selbst, läßt sich überfallen und schützt sich in einem, redet sich das Dümmste ein und aus. Aber ein und aus bleibt sich gleich. Ein schrumpelig hypochondrischer Elendskönig soll nicht der Kumpan dreier Enten sein, sagt man sich in den Kopf. Alles, was er verbrochen hat, hat mit ihnen weniger als nichts zu tun. Vielleicht ist das der Punkt: Gerade dieses Weniger als Nichts öffnet die Komplizenschaft gegen die Selbstverständlichkeit an der Lahn. Du könntest schlendern und die Lahn könnte fließen und du könntest ein paar Tage später sagen, es war schön an der Lahn. Vom Gold der Enten beim Essen und Wassermischen aber kannst du niemandem erzählen, davon, daß du so überdrüssig normal verrückt bist. Du wirst nie ein Wort über Marburg und deinen selbstgebauten Ekel an der Lahn sagen. Schweigen wirst du, sogar wenn die Freundin bei den Seltersflaschen aus Lahn im Getränkeladen sagt: Du warst doch an der Lahn. Kurz wirst du JAA sagen, und es wird dir wie LALA vorkommen, und du wirst das Thema wechseln, als wäre es dir egal, ob die Lahn ein Wasser, eine Straße oder eine Krankheit ist. Du hütest dich, dir die Lahn anmerken zu lassen, schweigst und läßt andere glauben, daß du kein Auge hast für die schönen Orte, die Gegenwart in diesem Land.

Vor den Enten auf der Lahn gab es noch etwas, das ich anfangs erwähnt habe. Ich lernte auf der Fahrt nach Marburg INGE WENZEL AUF DEM WEG NACH RIMINI kennen. Ich glaube nicht, daß sie schlief, sie hielt die Augen stundenlang geschlossen, es war ihre Aufgabe zu schlafen. Kennen Sie INGE WENZEL? Anfang Dreißig, blondes lockeres Haar, schmales Gesicht, schlanker Hals mit Goldkettchen, das in die Schlafrichtung, neben dem linken Träger von Inge Wenzels weißem Nachthemd hing. Ihre Augenfarbe kenne ich nicht, da sie im Abteil die Aufgabe hatte, zu schlafen. Kissen und Decke mattgelb. Das weiße Nachthemd war, als ich mich im Abteil in Fahrtrichtung ans Fenster gesetzt hatte, das erste, was mir den Blick einfing. Ein Nachthemd mit dreifingerbreiten Trägern, wie es meine Großmutter im Winter genäht hatte, als ich demnächst aufs Lyzeum in die Stadt gehen sollte. INGE WENZELS Nachthemd war in meiner großen Vinilintasche auf der Fahrt vom Dorfzuhause in die Welt. Ich kann mich ans Zuschneiden, Nähen und die Tricks, die letztendlich zu diesem Modell geführt haben, erinnern: Der Stoff war knapp, das Nachthemd wäre unschicklich kurz geworden, wenn man es an den Schultern zusammengenäht hätte. Um es zu verlängern, kam meiner Großmutter die Idee mit den Trägern. Sie verlängerten das Hemd um zwanzig Zentimeter. Aber nackte Schultern wären ebenso unschicklich gewesen. Die Träger sollten so drei Finger breit sein, sagte mein Großmutter, so daß sie wie ein manierlicher viereckiger Halsausschnitt aussehen. Der Stoff reichte aber nur für ein Finger breite Träger. Die seien sogar noch schöner, sagte sie, bißchen ungemütlich für den Schlaf, aber in der Stadt seien die Betonhäuser nicht so kühl wie die Zimmer im Dorf, und daß es unschicklich, regelrecht ordinär aussehe, könne in der Stadt nur richtig sein. Nach langer Anprobe nähte sie die zu schmalen Träger dran und gab sich zufrieden, räumte Stecknadeln,

Schere und Zwirn weg, schloß die Nähmaschine mit dem Deckel, bügelte das Nachthemd und legte es in meinen Koffer zur »Stadtwäsche«. Aber ein paar Tage darauf nahm sie es wieder heraus. Sie begann an den Trägern Ränder zu häkeln, ein Muster mit ovalen Löchern. Die Spitzenränder machten das Nachthemd nur noch »ordinärer«. Ich kann mir nicht vorstellen, daß sie das nicht merkte. Ich werde nie wissen, ob sie die Unschicklichkeit ausweiten oder doch einschränken wollte, als sie das ovale Lochmuster immer breiter und filigraner häkelte. Oder häkelte sie sich nur von einer Maschenreihe in die nächste, weil das Hemd fertig war und der Winter dauerte. Es muß einen Sog gegeben haben, denn am gestickten Halsrand geriet ihr das Nachthemd mit jeder Lochreihe mehr zum feinen Eismuster in der Hand. Acker mit Winterruhe, wo kein Fuß geht, wo sich Tauen und Frieren zerbrechlich schön ausgleichen. Am äußersten Rand, wo das Feld aufhört, ist der Schnee am schönsten. Sonne und Mond zerbeißen ihn wie Glas, er kriegt Zacken wie Finger und Zehen. Mein Nachthemd war aus damaliger Sicht ein Stadthemd mit dem Winterrand des Dorfes und ist aus heutiger an Inge Wenzel ein städtisches Dorfhemd: Winterschlaf im Kaff durch Stoffmangel und Vorurteile über die Städterinnen zum gehäkelten Dekolleté verführt. Egal, was meine Großmutter nähte, sie achtete immer drauf, daß es »kommod« ist. Das heißt doppelt so breit als nötig. Selbstverständlich war auch dieses kurz geratene Nachthemd so breit, daß ich glaube, der Stoff hätte mehr als gereicht, wenn meine Großmutter beim Zuschneiden die Breite als Länge genommen hätte.

112   Inge Wenzel fuhr also in diesem banatschwäbischen

Nachthemd durch die Bahnhöfe der deutschen Städte. Ich hatte das Nachthemd in der Stadt nie getragen, legte es ganz unten in den Schrank. Es begegnete mir aber schon einmal auf fremder Haut, in einem Schlafwagen, acht Stunden durch die Winternacht von Temeswar nach Bukarest. Die Reise wurde damals Todesangst. Als ich in die Wartehalle des Bahnhofs kam, erwarteten mich drei Männer, ein Polizist und zwei in Zivil. Der Polizist konfiszierte meine Fahrkarte und meinen Personalausweis, verschwand damit und ließ mich mit den beiden Zivilisten dastehen. Die wollten meine kleine Reisetasche durchsuchen. Ich zeigte auf die Berge von Koffern, Säcken und Kisten der anderen Leute und weigerte mich. Ich sollte mich in Bukarest mit meiner westberliner Lektorin treffen, wir hatten telefoniert und der Geheimdienst hatte mitgehört. Ich hatte zu Hause kein Telefon, ich mußte zur Post, ein Gespräch mit West-Berlin bestellen, die Formulare ausfüllen, dann drei Stunden warten, bis man mir eine Kabine zuwies. In dieser Zeit konnte der Geheimdienst von den »Telefonistinnen« über jede Bestellung informiert werden. Auch gab es für Auslandsgespräche sowieso einen extra Schalter auf der Post und die Kabinen waren separiert von denen für Inlandsgespräche. Wahrscheinlich wurden in den Auslandskabinen alle Gespräche abgehört, selbst wenn es in den meisten nur um Cousinen, Strumpfhosen und Grüße ging. Die beiden Zivilisten in der Bahnhofshalle waren Geheimdienstler, genau informiert, was ich in Bukarest vorhabe. Sie wollten das Manuskript konfiszieren. Das war aber nicht in der Tasche, sondern längst in Bukarest. Ein Freund hatte es unbehelligt am Tag davor im Nachtzug mitgenommen. In meiner Tasche war Schlim- 113 meres: Briefe für Amnesty International, Namen von In-haftierten. Es steckten in der Tasche einige Jahre Gefängnis nicht nur für mich, auch für Leute, die mir vertrauten. Die beiden Zivilisten teilten mir mit, daß ich nicht wegfahren werde, höchstens zum Teufel werde ich fahren. Daß ich in der Zelle besser als im Nachtzug schlafen werde, weil das Bett nicht wackelt, außer wenn es Erdbeben gibt, lachten sie. Die Reisenden luden sich die Gepäckberge auf, gingen langsam zum Bahnsteig hinaus. Die beiden Zivilisten flü-sterten miteinander, dann zeigte einer mit ausgestrecktem Zeigefinger auf den Boden, von dieser Stelle solle ich mich keinen Schritt weg bewegen, sagte er, keinen Zentimeter, sagte der andere, hier solle ich warten – und sie gingen weg. Die Reisenden waren alle schon am Bahnsteig drau-ßen, die Halle hoch und breit und leer, es roch nach Floh-pulver und Chlor. Ich schob meine Tasche zwischen die Schuhe, stand da, sah hoch oben die sozialistischen Wand-gemälde mit den Mähdreschern, infantil lächelnden Bäue-rinnen, die auf all diesen Bildern Waden wie die dicken, gelben Gurken hatten, die im Spätherbst in den Gärten liegen blieben, weil sie zu bitter waren. Daneben das In-dustriegemälde, die Proletarier im morgendlich roten Dunst der Hochöfen, ihre langen Schürhaken, ihre geo-metrischen Gesichtsknochen, das Kinn immer so wider-lich zum Dreieck verhärtet, daß die Mannsbilder Hunde-schnauzen trugen. Ich lehnte die Wange an die Wand und schloß, um die Nervosität in Schach zu halten, ein wenig die Augen. Als ich sie öffnete, glänzte vor meiner Nase eine Kakerlake. Sie kroch der Wandleiste entlang von mir weg, an der Ecke, wo die Leiste zu Ende war, stürzte sie runter auf den Boden. Sie war aufs Ende der Leiste nicht

gefaßt. Ich sah ihr ohne Neugierde zu, sie war mir gleichgültig, und ich mir auch, mein Kopf war ein toter Winkel,
ich dachte, seit ich der Kakerlake zusah, an gar nichts
mehr. Dann hob ich meine Tasche hoch, schob sie auf den
Arm und verließ dieses Stück Fußboden. Ohne Fahrkarte
und Ausweis, ging auf die Tür zu, meine Füße reagierten,
nicht mein Kopf. Auf dem Bahnsteig draußen erwarteten
mich die beiden Zivilisten. In dem Moment wußte ich,
wie ihr Plan aussah. Es war wie immer ein dreckiges, ver-
schlagenes Getue: Sie hatten mich auf die Probe gestellt,
wieviel ich wage, nach dem Befehl, die Halle nicht zu
verlassen, und obendrein ohne Fahrkarte und Personalausweis, den man dem Schaffner im Schlafwagen vorzeigen
mußte. Sie hatten damit gerechnet, daß ich angewurzelt in
der Halle stehenbleibe, daß der Zug ohne mich wegfährt.
Daß sie nach der Abfahrt des Zuges wiederkommen und
sagen, ich hätte den Zug aus eigener Schuld verpaßt, hätte
doch wegfahren können, wenn ich gewollt hätte. Es hätte
mit ihnen nichts zu tun, daß ich in der Halle herumstehe,
es hätte mich doch keiner vom Wegfahren abgehalten, sie
seien doch gar nicht da gewesen. Es gibt noch eine Variante: Sie wären nach der Abfahrt des Zugs in die Halle
gekommen und hätten sich »gewundert«, daß ich's mir offenbar anders überlegt habe und nicht mehr wegfahren
will. Sie hätten behauptet, mir klipp und klar gesagt zu haben, daß sie mich draußen am Zug erwarten, daß ich das
nicht verstanden habe, weil ich zu blöd bin, um die einfachsten Dinge zu verstehen. Beide Varianten wären für sie
ein amüsantes Spiel geworden, Drohungen gespickt mit
Flüchen, vulgären Seitenhieben, süffisanten Gemeinhei-
ten. Nun aber stand ich auf dem Bahnsteig, und sie hatten 115

auch für diesen Fall ein dritte Variante parat: Sie nahmen mich in ihre Mitte, stießen mich abwechselnd mit den Ellbogen und traten mich mit den Schuhen. Ich torkelte zwischen ihnen hin und her, sie sagten nichts dabei, und ich biß mir auf die Lippen und blieb stumm, um ihnen ja keine Gelegenheit zu geben, aus einem Wort einen Kasus zu machen und mich hierzubehalten. Es fiel in diesem Gerempel kein Wort zwischen uns, als hätten sie und ich keine Sprache. Fein gestreut lag mehliger Schnee auf dem Boden, kein Licht brannte, sackdunkel der Bahnsteig und leer, alle waren schon eingestiegen. Ich hörte mich stolpern und hinfallen, als wärs eine andere. Ich stand immer wieder auf und torkelte, als gäbe es die beiden Männer nicht, den Zug entlang zwischen ihnen, bis ich endlich bei den Schlafwagen war, ganz am Ende des Bahnsteigs. Dort stellten sich die beiden, einer links, einer rechts, neben die Wagentreppe. Der Linke gab mir die Fahrkarte, der rechte den Personalausweis. Sie wünschten grinsend eine »gute Reise«, es klang wie »letzte Reise«, ich stieg in den Wagen und – sie auch. Das Einsteigen gehörte also auch zur dritten Variante. Ich war auf das Schlimmste gefaßt: Sie werden mich in dieser Nacht, wenn alle schlafen, unter die Räder werfen. Auf dem Totenschein wird wie immer in solchen Fällen »Selbstmord« stehen. Ich sah sie ans Ende des Gangs in den nächsten Wagen schlendern. Sie hatten Dienst und kein Gepäck. Dies ist mein größter und wahrscheinlich letzter Fehler, ich hätte nicht einsteigen dürfen, dachte ich, ihnen diese ideale Gelegenheit der stundenlangen Nachtfahrt durch ödes Flachland nicht bieten dürfen.

Ich hatte das untere Bett im Abteil, auch das ein Zeichen, daß man mich in der Nacht holen will. Das obere Bett gehörte einer Frau um die fünfzig mit so hohem Haarknoten, daß die Frisur einer pelzüberzogenen Teekanne glich. Die Frau stand vor der offenen Abteiltür im Gang, taxierte mich kurz, drehte dann den Rücken zum Abteil und schaute durch die Fensterscheibe in die blinde Dunkelheit. Ob diese Teekannenfrisur als Komplizin der beiden in mein Abteil plaziert worden war. Ich zeigte dem Schaffner Fahrkarte und Personalausweis, versuchte seinen Augen und Mundwinkeln abzulesen, ob er in den Plan der beiden Geheimdienstler eingeweiht war. Er hielt sich nicht länger als mit der Teekannenfrisur mit mir auf. Gleich danach zog ich mich, trotz offener Tür, aus, behielt die Strumpfhose unterm Pyjama an, legte mich ins Bett, deckte mich zu, steckte die Briefe unter der Bettdecke in die Strumpfhose, blieb eine Weile liegen, stand wieder auf und eilte aufs Klo. Ich zerriß die Briefumschläge, warf sie ins Klobecken, zog das Wasser, schob die Briefe an der Klowand unter ein rostiges Rohr. Als ich wiederkam, stand die Teekannenfrisur immer noch am Fenster. Ich schlüpfte wieder ins Bett und zählte viele Male die Streifen auf dem Pulloverrücken meiner Nachtgefährtin. Es waren und blieben einundzwanzig, bis sie ins Abteil kam und anfing sich auszuziehen. Ich drehte mich mit dem Gesicht zur Wand, als ich dann wieder hinsah, zog sie über ein hellblaues Negligé ein weißes Nachthemd mit gehäkelten Trägern an. Dann schob sie sich die ganz dünnen hellblauen Träger von den Schultern, wackelte paarmal, bis das Hellblaue auf den Boden fiel, stieg mit einem hohen Schritt darüber, als würde sie über eine Pfütze steigen. Sie hob das Hellblaue auf und kletterte damit hinauf aufs Bett. Während des Ausziehens tat sie geniert, aber ich mußte sie beobachten, wollte wissen, ob sie auch im Dienst mit den beiden Männern ist. Dieses Hell-blaue, aber vor allem dieses weiße Nachthemd mit den Spitzenträgern paßte nicht zu einer Komplizin. Sie wird nicht mit anpacken müssen, sie wird mich vielleicht zur festgelegten Zeit, kurz bevor die beiden kommen, im Schlaf betäuben müssen, und wenn ich weg bin, wie die beiden bis zum nächsten Bahnhof weiterfahren, oder bis in den Morgen, und dann retour nach Hause ins Bett. Sie wird einen dienstfreien Tag bekommen haben zum Aus-schlafen. Sie schlief gleich ein, kaum war das Licht aus, schnarchte sie tief. Gab es einen so schnellen Schlaf, oder schnarchte sie, ohne zu schlafen, um mich zu täuschen. Wollte sie auch mit dem weißen Nachthemd täuschen. Ich konnte mir nicht erlauben zu schlafen. Das ganze dunkle, überheizte Abteil schien mir eingewickelt in die Teekan-nenfrisur, die Luft war schwer, ich spürte die Augen im Kopf so groß, wie die weißen Blasen bei quakenden Frö-schen. Ich preßte die Hand auf den Mund und weinte ohne Ton. Als das Kissen unter der Wange naß war, kam ich mir vor wie eine selbstmitleidige Idiotin, ein jämmerlicher Dreck, der ganz von allein in die Falle gestiegen ist. Ich drehte das Kissen auf die trockene Seite und fing an, mir Gedichte in den Kopf zu sagen und Lieder in den Mund zu singen: Der Schnee liegt weiß und weiß und weiß weiß weiß und weiß liegt der Schnee unter dem Schnee möchte ich liegen und liegen und liegen und schaun. Hun-derte Male sang ich mir das, das Zugschaukeln paßte dazu. Erst als es Tag wurde, die Teekannenfrisur immer noch schnarchte, wagte ich zu glauben, daß die zwei Zivilisten jetzt nicht mehr kommen, daß sie den Schutz der Dunkel-heit versäumt haben. Ich schlich aufs Klo, die Briefe holen.

Wegen des weißen Nachthemds der INGE WENZEL AUF DEM WEG NACH RIMINI ging mir auf der Fahrt nach Marburg die Nachtreise mit der Todesangst durch den Kopf. Ich sah INGE WENZEL später immer wieder in den Zügen, sie reiste auf allen Strecken, in einem Nachthemd, das ich schon in drei Formen kannte: die erste Form war ein Dorfabschiedshemd mit dem Sog der Schneezacken. Die zweite Form war das Nachthemd der Teekannenfrisur. Und die dritte Form war ein Geschenk des Pelzmeisters. Ich war aus der Drahtfabrik entlassen worden, hatte Raten auf Kühlschrank, Teppich, Möbel und die Wohnung zu bezahlen und kein Geld. Da ging ich in die Häuser unterrichten. Ich gab den beiden Kindern des Meisters einer Temeswarer Pelzfabrik Deutschstunden. Ich war nicht auf persönliche Beziehungen aus in diesen Häusern. Denn die Leute, die für meine Stunden Geld übrig hatten, waren gleichgültig Angepaßte oder sogar mittlere Nomenklatura. Sie fütterten mich mit, ließen mich zu ihren Kindern, solange sie nicht wußten, daß ich ein Staatsfeind bin. Nach paar Wochen passierte immer das gleiche: der Geheimdienst warnte sie, und sie schickten mich, da sie mit meinem Unterricht sehr zufrieden waren, mit gequälten Ausreden weg. Sie genierten sich alle, so hörig zu sein, wie sie waren.

Der Pelzmeister fuhr oft ins Ausland und brachte kofferweise billigen Kosmetik- und Kleiderkram mit, den er zu Hause gut verkaufen konnte. Eines Tages schenkte er mir die dritte aus der Fabrik gestohlene Sumpfbibermütze und steckte, weil es ja schon Frühling war, ein weißes Spitzennachthemd in das weiße Seidenfutter der Mütze hinein. Die Mütze, schon wegen des weißen Futters, schenkte ich sofort einer Freundin. Das Nachthemd war durchsichtig quietschendes Nylon aus Ungarn. In einem sozialistischen Wohnblock war es gut zum winterlichen Zähneklappern und sommerlichen Schwitzbad, nicht zum Schlafen. Es ähnelte einem auf Wadenlänge gestutzten Cellophanvorhang ohne Träger. In der ungarischen Fabrik hatte der Stoff sogar oben zusammengenäht für Kurzärmel mit Glockenschnitt gereicht. Wie sich der mittellose Osten die Verlotterung des Kapitalismus vorstellte, so sah das Plastikhemd des Pelzmeisters aus. Verglichen mit dem Schneezackenhemd meiner Großmutter war seine Erotik mißlungen, eine ins Vulgäre schielende Imitation. So ordinär wie die Minderwertigkeitsgefühle des Geheimdienstlers bei den Verhören, wenn er sich über den verhurten Westen ausließ. Das Plagiat seiner Argumente, ein Fähnchen aus Neid und Verachtung war dieses Nachthemd. Das Cellophanhemd zelebrierte eine Sinneslust, die durch die Verelendung des Alltags hierzulande nicht entstehen konnte. Ich legte es auch ganz unten in den Schrank und verscherbelte kurz vor meiner Ausreise beide Nachthemden mit einem Freund auf dem Flohmarkt. Um Kunden anzulocken, wedelte der Freund mit dem Schneezackenhemd. Da er seine Entstehungsgeschichte kannte, warb er mit dem Text: »Sie werden darin so schön und ruhig schlafen wie eine Winterlandschaft.« Eine junge Frau mit vielen Sommersprossen biß an und kaufte es. Danach wedelte er mit dem ungarischen Imitat, er nannte es »Fickhemdchen« und rief: »Ein Nachttraum zart wie Meeresschaum.« Wenn grad keine Kunden da waren, lachten wir uns krumm. Schließlich kaufte eine alte Frau mit Goldzahn das Fickhemdchen. Die Welt ist verkehrt, konstatierte der Freund, das seriösere ging an die junge Frau, das Fickhemdchen an die Greisin, die sich womöglich eine lang verspätete Liebe davon versprach, die ihr so mißraten wird, wie dem Sozialismus die Erotik. Vielleicht ist das Hemd für ihre Tochter, sagte ich.

Auch diese Geschichte wuchs und stellte sich quer in die Gegenwart, als ich Inge Wenzels Nachthemd im Zugabteil auf der Reise nach Marburg sah. Es war die vierte Form, aber die erste ahnungslose Form. Denn sie wußte in diesem deutschen Zug nicht, daß das Ausgeliefertsein in Nachtzügen mitfahren kann. Daß der Freund, der die Nachthemden auf dem Flohmarkt angepriesen hatte, zwei Jahre nach dem Flohmarkt und ein halbes Jahr vor dem Sturz Ceauşescus tot war. Er war der Erhängte, der auf seiner letzten Karte schrieb: »Ich muß mir manchmal auf den Finger beißen, um zu spüren, daß es mich noch gibt.« Er hing in seiner Wohnung über der Klomuschel. Die Obduktion wurde verweigert, offiziell Suizid. Inge Wenzel, die auf dem Weg nach Rimini an der Abteilwand über den Sitzen im Auftrag der Deutschen Bahn schlief, wußte nicht, daß man im Auftrag aus dem Schlaf geholt und gestorben werden kann. Daß dies in dem Land, aus dem ich kam, eine gängige Variante des inszenierten Selbstmords war.

Mir kommt es vor, als bestimmten die Gegenstände, wann, wie und wo einem vergangene Situationen und Menschen einfallen. Sie, die aus unverletzbarem, leblos dauerhaftem also ganz anderem Stoff als wir selber bestehen, bestimmen ihre Wiederkehr im Schädel. Die Gegenstände holen zu Rundumschlägen aus, blinzeln mit ihrem zufälligen Auftauchen ins Gewesene hinein. Sie treiben die Vergangenheit durch die Gegenwart auf die Spitze. Obwohl ich Inge Wenzel in der deutschen Bahn zum ersten Mal sehe, ist ihr weißes Nachthemd vorbelastet, unausweichlich die vierte Form nach den drei bisherigen Nachthemden. Die vierte Form, nachdem ich an die drei vorherigen seit Jahren nicht mehr gedacht hatte. Die vierte Form gegen meinen Willen, jetzt daran zu denken, gegen mein Gedächtnis. Ohne Inge Wenzels Nachthemd wären mir die anderen Nachthemden nie wieder eingefallen, und ohne die drei anderen Nachthemden hätte ich mich in Inge Wenzels Nachthemd nicht vertieft. Ein Kleidungsstück in der Bahn bestimmt die Stationen in meinem Kopf. Es sind immer wieder die Gegenstände, die untereinander ihre eigene Komplizenschaft aufbauen, die Personen und Vorgänge um sie herum fügen sich ihnen. Dabei glauben die meisten Leute hierzulande, man müsse sich nur genügend mit der Gegenwart abgeben, um die Vergangenheit zu vergessen. Nach meiner Erfahrung aber, kommt Vergangenes um so deutlicher zurück, je genauer man sich auf die Gegenwart einläßt.

Frappierend wie Überfälle schleppen die Gegenstände von jetzt meine Geschichten von damals herbei. In ihnen sitzt latent das Zeitübergreifende, funkelt mit seinen grellen Einzelheiten, bevor es sie wieder in die Gegenstände zurückzieht. Je genauer ich Gegenwart betrachte, um so zudringlicher wird sie zum Paradigma für Vergangenes. Nur ohne Gegenwart könnte ich im Kopf ohne Vergangenheit sein.

Die Trennung von Vergangenheit und Gegenwart, die Auffassung von Zeit, besonders in der Literaturkritik gehorcht sie in Deutschland räumlichen Kriterien. Eigentlich sind es Zugehörigkeitskriterien. Wenn ich über zehn Jahre Zurückliegendes aus Rumänien schreibe, heißt es, ich schreibe (noch immer) über die Vergangenheit. Wenn ein hiesiger Autor über die Nachkriegszeit, das Wirtschaftswunder oder die 68er Jahre schreibt, liest man es als Gegenwart. Das hiesig Vergangene, wie weit es auch zurückliegen mag, bleibt Gegenwart, weil es sich hier zugetragen hat, weil es durch Zugehörigkeit bindet. Bei Autoren wie Aleksandar Tišma oder Imre Kertész wird das zeitliche Kriterium nicht verhandelt, weil die räumliche Trennung klarstellt, daß sie nicht dazugehören. Ich aber bin in dieses Land gekommen, meine Zugehörigkeit muß verhandelt werden. Ab wann ist das Erlebte Vergangenheit? Ab wann heißt das Kommende Zukunft? Ab morgen, ab nächster Woche, oder erst nächstes Jahr. Oder erst in zehn Jahren.

Eigentlich habe ich von meinem ersten Buch an, aus der Stadt über das 30 km entfernte Dorf, über Vergangenheit geschrieben. Die räumliche Distanz war zwar klein, aber das Gefälle groß. Mit dem Thema des schwäbischen Dorfes war ich in meiner Vergangenheit und in der Gegenwart meiner Eltern. Sie hatten mich wegen meiner Zukunft in die Stadtschule geschickt. Meine Zukunft kostete ihre Gegenwart viel Geld. Da ich aus einem Haus ohne ein einziges Buch kam, war das Lesen von Büchern ihrer Ansicht nach mehr als bedenklich, »abnormal«, alles Gedruckte ist gelogen, sagte man. Und das Schreiben von Büchern war gefährlicher als eine Krankheit. Sie mache sich Sorgen, sagte meine Mutter, davon wird man doch nervenkrank. Dazu kam noch, daß sie dieses Schreiben über meine Vergangenheit und gegen ihre Gegenwart finanzierten, sie bezahlten mir die Miete und das Essen in der Stadt. Mein Schreiben machte ihre Vorstellungen von meiner Zukunft zunichte, ruinierte die Aussichten auf eine gute »Profession« in der Stadt. Dafür haben wir dich nicht in die Stadt geschickt, sagte meine Mutter. Das Geld, das sie für meine Zukunft zahlten, wendete sich gegen sie. Wie bei den Nachthemden gerieten mir auch im Bücherschreiben von Anfang an Vergangenheit, Gegenwart und Zukunft durcheinander.

Ich wollte nur über die Zeit der Inge Wenzel reden, als Schlafende auf dem Weg nach Rimini. Und über Inge Wenzel als Stehpuppe in den Damenabteilungen der Läden wollte ich reden, und ein bißchen über ihren Bruder Jakob in den Herrenabteilungen. Aber das Nachthemd überzieht sich mit anderer Zeit, verzögert die Geschichte mit der Stehpuppe. Die zurückliegenden Vorgänge und Personen ändern sich nicht grundlegend im Gedächtnis, kippen nicht in ihr Gegenteil. Die Gegenstände tun das ständig. Sie entlocken den Vorgängen von damals mal eine schaurige Lächerlichkeit, mal eine groteske Melancholie. Sie überziehen die Vorgänge im Nachhinein mit einer anderen Haut, sie erlauben einem Augenzwinkern beim Erzählen, ohne zu verharmlosen.

Bevor ich nun doch zur Stehpuppe Inge Wenzel in den Damenabteilungen und ihrem Bruder Jakob in den Herrenabteilungen komme, möchte ich doch noch einmal fragen: Kennen Sie INGE WENZEL AUF DEM WEG NACH RIMINI? In den achtziger Jahren ein Werbebild für die Schlafwagen der deutschen Bahn. Das Bild war etwa zwanzig Zentimeter lang und fünfunddreißig breit, sein
124 kaffeebrauner Plastikrahmen klebte an den Wänden vieler

Zugabteile. Mir gefiel in der Zeit auch die Werbung mit einem Zug, der leicht gebogen wie eine leuchtende Schlange durch die Nacht fuhr. Aber sie konnte mit INGE WENZEL AUF DEM WEG NACH RIMINI nicht konkurrieren.

Ich war auf INGE WENZEL AUF DEM WEG NACH RIMINI fixiert. Eines Tages sah ich eine Schaufensterpuppe im Kleiderladen und dachte: Nun ist INGE WENZEL ZURÜCK AUS RIMINI. Es war die Stehpuppe ein Schritt um die Ecke, gleich hinterm Rolltreppengeländer. An der ersten Biegung des Kundenwegs trug sie die Kleider der Herbstsaison. Und vor jeder neuen Saison hatte Inge Wenzel an Gewicht verloren – die Kleider aller Jahreszeiten waren ihr handbreit zu groß und am Rücken mit Nadeln zusammengesteckt. Im Laden gleicht Inge Wenzel heute noch meiner besten Freundin, die hoch und dünn wie eine Rute und auf Kleider versessen war. Sie war dreimal die Woche bei der Schneiderin. Während sie ihr neuestes Kleid auf dem Korso spazierentrug, nähte die Schneiderin schon das nächste. Es ist diese Freundin, dieses Stadtkind, das lebenshungrig und leichtfüßig war, die ihre Augen beeindruckend rollen konnte, nicht über Wörter grübelte, das Regime als Bankrotterklärung der Sinnlichkeit verachtete. Sie ist tot, wie der Freund, der meine Nachthemden verkaufte. Ja, mir war, als ich Inge Wenzel und ihren Bruder Jakob in den Läden sah, als hätte man die jungen Toten in die Läden gestellt, sie mit der Modeschau der neuen Saison beauftragt. Nun sind sie leblos, haltbar, unverletzbar – Gegenstände. Sie tragen die neuen Kleider beispielhaft in die Saison: ohne Schmutz, Falten, Schweißflecken. Außerhalb der Gefühle stehen sie unter Vertrag, passen auf,   125 daß die Damenkleider bei der Anprobe nicht mit Make-up und Lippenstift verdreckt werden, daß die Herren nicht mit den Schuhen in die Hose schlüpfen, daß keine Knöpfe abgerissen, daß die Kleider nach dem Probieren wieder auf den Bügel, an den richtigen Platz zurückgehängt werden. Und vor allem, daß jeder an der Kasse bezahlt. Inge Wenzel und Jakob locken und wachen. Erschrecken die Kunden vor ihnen? Ich erschrecke. Obwohl ich die Puppe hinter der Rolltreppe weiß, bin ich jedesmal nicht auf sie gefaßt. Inge Wenzel könnte glauben, mit mir stimmt etwas nicht.

Ich komme mir vor Inge Wenzel und Jakob verdächtig vor, sie beobachten die Kunden. Sie sind, wenn man gerade nicht hinschaut, Lebende, haben aber mit dem Laden einen Stehpuppenvertrag, dürfen sich als Lebende nicht verraten. Ich habe Inge Wenzel und Jakob noch nie etwas gestohlen und bin doch durchwachsen mit Ehrlichkeit und Betrug. In Rumänien wurden die erwischten Diebe mit der Beute fotografiert und mit Namen und Alter auf Schautafeln in den Läden ausgestellt wie Absolventen der Schande. Zwanzig, dreißig angststarre Gesichter, vor der Brust hielt manch einer Streichhölzer, eine Seife oder ein paar Kerzen. Mich hat damals die eigene Aussichtslosigkeit zum Ladendiebstahl getrieben. Aber vielleicht auch diese Gesichter der Schandtafeln, die mir näher waren als die Bestarbeiter auf den Ehrentafeln, die Buckler und Speichellecker, die jeder Planerfüllung dienten – und sei es Mord. Als hätten mich die Tugendhaften des Regimes nicht schon genug in Angst gejagt, mußte ich mir das Herz zusätzlich und maßlos riskant selbst flattern lassen. Ich war mit den Nerven so fertig, daß ich stehlen mußte. Dem

Staat wenigstens Wäscheklammern oder Nudeln stehlen, weil er mir das Leben stahl. Das ist mein Schreck vor den Stehpuppen im Laden, daß sie mir ansehen, daß ich mal eine ziemlich professionelle Ladendiebin war und rückfällig werden könnte. Mich würde es nicht wundern, wenn die Stehpuppen eines Tages, wenn ich an der Rolltreppe um die Ecke komme, Sonnenblumen- oder Kürbiskerne essen würden, die sie in den Taschen der Saisonkleider tragen, wie damals Beamte, Polizisten, Portiers, Nachtwächter oder Feld- und Schafhüter. Ich habe beim Ausschneiden von Zeitungswörtern das Wort »Ladendiebin« angeschaut, gesehen, daß »die bin« drin ist, daß ich nur noch mich selber dazutun muß. Ich habe eine Handtasche ausgeschnitten und drauf geklebt: Die Ladendiebin die bin ich.

Vergangenheit, das ist für mich die Zuspitzung der Gegenwart durch die Einsicht, daß sich das Leben weniger durch den Kopf und die Hände als durch die Füße und Gegenstände ändern läßt. Und daß sich das auch in der Zukunft nicht ändert. Zukunft, das wird wiederum die Zuspitzung einer gewesenen Gegenwart. Wieviel Gepäck sie für später enthält, weiß ich heute noch nicht. Oft möchte ich wissen, wo Inge Wenzel geboren und aufgewachsen ist. Dann probiere ich ihre Gegenstände aus in Reimen:

Am Hals zu ihrem Gold paßt Detmold / zu ihren Nachthemden paßt Emden / zu ihren Fahrten paßt Hinterzarten / zu ihrem Schlafen paßt Bremerhaven / zu ihrem Bett paßt Helmstedt / zu allen Dingen paßt Sindelfingen / zu ihren Kleidern der Saison paßt Iserlohn.

Wenn ich in den Zug stieg, ging ich durch den Wagen,

sah in die Abteile, setzte mich erst, wenn ich INGE WEN-
ZEL AUF DEM WEG NACH RIMINI gefunden hatte. Ich
war geradezu auf sie angewiesen. Im Abteil saßen Zufalls-
passagiere beieinander, nur Inge Wenzel und ich waren
nicht zufällig zusammen. Reisende kommen und gehen,
wenn man weit genug fährt. In Begleitung von Inge Wenzel machte ich Standortbestimmungen. Da stieg eine Frau
ein und aß ein Croissant mit Schinken. Die Krümel fielen
ihr auf die Bluse, und sie wischte sie nach jedem Bissen ab.
Nur im Mundwinkel blieb einer hängen wie eine weiße
Feder, als hätte die Frau als Kipfel getarnt eine Möwe gegessen. Später stieg eine Frau mit einem Baguettesand-
wich ein. Auch ihr fielen die Krümel auf die Bluse. Sie ließ
sie liegen, wischte erst, als sie fertiggegessen hatte. Welche
der beiden war unsicherer als die andere, ich wußte es
nicht. Nicht einmal, ob ich selber beim Essen vor Fremden ständig oder gar nicht Krümel wischen würde. Hatte
die Mühe, etwas über die beiden übers Krümelwischen
abzuleiten, einen Sinn. Oder zeigte die ganze Beobachtung lediglich, wie fremd ich selber war, wie unsicher ich
anderen gegenübersaß, wie ich mich beschäftigen und an
Nichtigkeiten das Richtige und das Falsche unterscheiden
wollte.

Bei allen Gedanken, die ich mir über Mitreisende
machte, nichts lenkte mich davon ab, daß ich in Zukunft
INGE WENZEL zu Hause in der Wohnung haben und ansehen wollte, wann ich will. Der Stehpuppe Inge Wenzel
hab ich nie ein Kleid gestohlen. Aber der Deutschen Bahn
INGE WENZEL AUF DEM WEG NACH RIMINI. Monate
hab ich gelauert, allein mit ihr im Abteil zu sein. Sie war
fest angeklebt, ich mußte sie mit dem Hausschlüssel ab-

stemmen. Die Deutsche Bahn hat sie bald darauf durch andere Bilder ersetzt. Sie wäre mir gestohlen worden, wenn ich sie nicht rechtzeitig gestohlen hätte. Sie hängt jetzt in meinem Schlafzimmer.

Der Fremde Blick
oder
Das Leben ist ein Furz in der Laterne

> Und der nicht mehr zu Hause war
> den kriegt der Heimwehhund
> der hat ein weites Gras statt Haar
> und Nachtbusaugen im Geschau
> aus jedem Mund pfeift fremdes Brot
> der Frühapfel gefiedert grau
> der Kuckuck später backenrot

Das allererste, was man diesem Text bescheinigt hat, war der Fremde Blick. Und die Begründung lautet: weil ich aus einem anderen Land nach Deutschland gekommen bin. Ein fremdes Auge kommt in ein fremdes Land – mit dieser Feststellung geben sich viele zufrieden, außer mir. Denn diese Tatsache ist nicht der Grund für den Fremden Blick. Ich habe ihn mitgebracht aus dem Land, wo ich herkomme und alles kannte. Warum ich ihn dort im Bekannten hatte, kann ich nur darstellen, indem ich als Beispiel ein überschaubares Stück alltäglicher Zeit von dort erzähle:

In dem Dorf, wo ich aufwuchs, bin ich als Kind jahrelang Fahrrad gefahren. Durch Tabakfelder, Obstgärten, ins

Flußtal, zum Waldrand. Am liebsten ganz allein und ohne Ziel. Nur, um die Gegend anders zu sehen als zu Fuß, fließend unter den Rädern und in Augenhöhe wie Gürtel, die sich drehen und drehen. Mit fünfzehn zog ich in die Stadt. Und fünf Jahre später kannte ich die Stadt so gut, daß ich auch da die Wege fließen und die Umgebung wie Gürtel sehen wollte. Nach langem Überlegen kaufte ich mir ein Fahrrad. Es hätte auch schneller gehen können, was mich zögern machte, war ein Satz, den mir bei einem der Verhöre der Geheimdienstler ohne jeden Zusammenhang gesagt hatte: »Es gibt auch Verkehrsunfälle.« Ich hatte seit vier Tagen ein Fahrrad in der Stadt. Am fünften Tag fuhr mich ein Lastauto an und schleuderte mich durch die Luft. Ich hatte ein paar Schürfwunden an den Rippen, sonst nichts. Zwei Tage später war ich zum Verhör bestellt. Der Geheimdienstler sagte ohne jeden Zusammenhang: »Ja, ja, es gibt wirklich Verkehrsunfälle.« Ich verschenkte das Fahrrad am nächsten Tag einer Freundin. Den Grund der Schenkung sagte ich ihr nicht, sondern nur: »Ich will es nicht mehr haben.« Einen Tag später ging ich zum Haareschneiden. Kaum hatte ich mich vor den Spiegel gesetzt, fragte die Friseuse : »Und, bist du mit dem Fahrrad gekommen?« Ich hatte ihr nie gesagt, daß ich ein Fahrrad habe. »Sollen wir die Haare nicht mal bleichen«, fragte sie, »ich habe aus Frankreich Blanche gekriegt.« Warum nicht, ich willigte ein. Wenigstens blonde Haare, dachte ich mir, wenn ich schon kein Fahrrad haben darf. Sie rührte aus weißem Staub und Wasser die Paste, verteilte sie auf meinem Kopf. Das brannte wie Glut. Ich beschwerte mich. So muß es sein, sagte sie, davon werden die Haare bleich. Am nächsten Tag war die ganze Kopfhaut eine Wunde. Sie bildete verblüffend schnell eine Kruste, zwei Wochen lang trug ich sie wie eine Nußschale, dann bröckelte sie beim Kämmen wie frische Brotrinde. Sie war schon am Abklingen, man sah sie nicht mehr unterm Haar, als das nächste Verhör stattfand und der Geheimdienstler ohne jeden Zusammenhang sagte: »Blondsein muß leiden, nicht wahr.« Er sagte etwas, was er nicht wissen konnte, wie die Friseuse nach dem Fahrrad gefragt hatte.

Da ich beim nächsten Mal Haareschneiden von der Kruste erzählte, sagte die Friseuse ein kurzes »Entschuldigung«, wie man guten Tag sagt. Erschrocken war sie nicht. Statt dessen zeigte sie mir, bevor ich ging, drei verschiedene französisches Parfums, die sie verkaufen wollte. Im Laden gab es die nicht, es war Schwarzhandel, und Schwarzhandel war verboten. Ich öffnete eins nach dem anderen die Flakons, hielt sie an die Nase. Aber ich roch nicht das Parfum, sondern den Inhalt des letzten Verhörs, in dem mich der Geheimdienstler des Schwarzhandels mit Kleidern, Kosmetika und Devisen beschuldigt und mit Gefängnis gedroht hatte. Alle Vorwürfe waren erfunden. Machte die Friseuse nur Geschäfte für sich, oder lockte sie mich aufs Eis.

Als ich ohne Parfum von der Friseuse nach Hause kam, lag in der Schale, die auf dem Kühlschrank stand, ein Zettel mit der Handschrift einer Freundin: »Ich wollte mir die Haare schneiden lassen, schade, daß du nicht zu Hause bist.« Ich hatte ihr alle paar Wochen in der Fabrik das Haar geschnitten. Nun war ich aber längst entlassen. Und ich ging am nächsten Tag zu ihr und wollte wissen, wie sie in meine Wohnung gekommen war. An die Türklinke im Treppenhaus habe sie den Zettel gesteckt, sagte sie. Dann plötzlich mitten im Satz hielt sie ihren Zeigefinger senkrecht auf den Mund, nahm das Telefon und stellte es in den Kühlschrank. Sie habe schon lange den Verdacht, daß die Abhörwanze im Telefon ist, sagte sie. Und während das Telefon in ihrem Kühlschrank stand, erzählte ich von meinem Kühlschrank, auf dem die Schale steht, in die ihr Zettel von der Türklinke gelangt war. Ich mußte alles mehrmals sagen, sie unterbrach mich ständig mit: »Bist du sicher.« Und: »Bist du verrückt.« Und: »Überleg noch mal.« Bis ich sie brüskierte und wir beim Kaffeetrinken lang in den Tassen rührten. Der Dunst flog an ihrer Hand vorbei, und sie sagte: »Siehst du, auch in meinem Kaffee sind sie.« Die Welt baute sich Stück für Stück zusammen gegen den Verstand. Die Freundin wußte nichts vom Fahrrad, nichts von der Kruste nach dem Haarebleichen. Daß sie in genau der Zeit, als ich bei der Friseuse mein Haar schneiden ließ, ihr Haar von mir geschnitten haben wollte, habe ich als einfachen Zufall verbucht, wenn auch darin schon ziemlich viele Gespenster hockten. Aber ihr Zettel konnte nur so von selbst in die Schale auf meinem Kühlschrank gekommen sein, wie ihr Telefon in den Kühlschrank gelangt war. Die Freundin war Juristin, geschult in logischen Begründungen. Aber jetzt suchte gerade sie natürliche Erklärungen für die Zettelwanderung: Vielleicht Zugluft, vielleicht zwischen Tür- und Fensterritzen ein Wirbel. Sie glaubte sich selber nicht und mir nicht ganz. Sie wirkte infantil. Trotzdem hätte ich ihr gern geglaubt, statt einsehen zu müssen, daß der Geheimdienst in meiner Wohnung war.

Ich weiß alles noch so genau, weil es damals zum ersten Mal passierte, was danach regelmäßig geschah. Oder bes-   133 ser gesagt, der Geheimdienst wollte damals zum ersten Mal, daß ich es merke.

So bleibt das Fahrrad nicht lange ein Fahrrad, das Haarebleichen kann kein Haarebleichen bleiben, das Parfum kein Parfum, die Türklinke keine Türklinke, der Kühlschrank kein Kühlschrank. Die Einheit der Dinge mit sich selbst hatte ein Verfallsdatum. Alles rundum schien sich nicht mehr sicher zu sein, ob es das oder dies oder etwas ganz anderes ist. Über kurz oder lang gab es nur noch nichtige Dinge mit wichtigen Schatten. Keine Phantasie, nicht die Lust auf Surreales war es, sondern diese ungenierte Nacktheit oder Verpuppung, diese Indiskretion, mit der sich alles verbandelt hatte. Ich war es schon gewohnt, nach jedem Nach-Hause-Kommen die Wohnung abzugehen und zu prüfen, was verändert ist. Ich wollte mir die Wohnung durch diese Kontrollgänge vertraut halten, aber sie wurde mir um so fremder. Daß ein Zimmerstuhl in der Küche stand, war nicht zu übersehen. Aber bei kleinen Veränderungen, wenn ich sie entdeckte, wußte ich nicht, ob sie von heute sind oder ob ich sie gestern oder mehrere Tage lang nicht gesehen hab.

So ging man, wenn ein Tag vorbei und nichts daran geklärt war, abends ins Bett. Beim nochmaligen luziden Auffädeln der Vorfälle lag einem der Schädel wuselnd um Haaresbreite neben dem Wahn. Dennoch mußte man einschlafen statt nachdenken, den Kopf abstellen, denn wenn es hell wurde, war wieder ein Tag aus nichtigen Dingen mit wichtigen Schatten da. Ob man sich ausruht, wenn man folgendes träumt:

Im Gesicht der Mutter ist die Wange vom Mundwinkel zum Auge hinauf ein Beet aus weißem Kies. Man geht auf den Kies, die Schuhe knirschen, ein Kiesstein hüpft in den rechten Schuh und reibt die Ferse wund. Die Mutter faßt mit dem Zeigefinger in den Schuh und nimmt den Stein heraus. Man kommt an ihren Augenrand, da steht ein Buchsbaumzaun, und davor sitzt ein Mann im weißen Kittel auf dem Stuhl und streichelt einen großen Hund und sagt: Das ist der Krebshund.

Sicher ahnte ich beim Aufwachen, daß ab nun auch die Wange der Mutter einen dieser wichtigen Schatten hat. Ich behielt recht: Beim ersten Wiedersehen der Mutter fiel mir der Traum sofort ein. Ich wollte den Wangenkuß meiden. Doch die Mutter streckt wie gewohnt die Wange her, sie besteht ahnungslos darauf. Und ich gab ihr den Kuß, und es wurde mir kalt von innen.

Das war Wochen nach dem Traum. Aber vorher, gleich am Morgen nach dem Traum vom weißen Kiesbeet, war noch etwas anderes: Ich hatte mich gewaschen, angezogen und war in die Schuhe geschlüpft. Und spürte im linken Schuh ein Steinchen. Ich hab es herausgeschüttelt, es war schwarz. Und ganz kurz dachte ich: In der Nacht war es weiß, weil man ein schwarzes im Dunkeln nicht sehen könnte. Und links ist rechts in der Nacht, spiegelverkehrt.

In diesem Alltag ist der Fremde Blick entstanden. Allmählich, still, gnadenlos in den vertrauten Straßen, Wänden und Gegenständen. Die wichtigen Schatten streifen herum und besetzen. Und man folgt ihnen mit einem Sensorium, das immerzu flackert und einen von innen verbrennt. So ungefähr sieht das dumme Wort Verfolgung aus. Und dies ist der Grund, weshalb ich es beim FREM-DEN BLICK, wie man mir ihn in Deutschland bescheinigt, nicht belassen kann. Der Fremde Blick ist alt, fertig mitgebracht aus dem Bekannten. Er hat mit dem Einwandern nach Deutschland nichts zu tun. Fremd ist für mich nicht das Gegenteil von bekannt, sondern das Gegenteil von vertraut. Unbekanntes muß nicht fremd sein, aber Bekanntes kann fremd werden.

In dem, was ich übers Leben zu denken und einzuschätzen gelernt habe, sind die Dinge von ihren Schatten nicht zu trennen. Die Tatsachen sind nicht das Ganze, was sie verursacht haben, gehört dazu. Aber das wurde meinem Verständnis entzogen. Es ist ein ziemlich neuer Luxus, daß ich mir über so lange Zeitspannen Gedanken mache. Er wurde möglich, weil die Diktatur stürzte. Solange sie existierte, lebte ich mit Todesdrohungen, die letzten drei Jahre davon in Deutschland. Und in dieser Zeit dachte ich meist nur auf der Stelle. Sicher von einer Stelle zur anderen, weil ein Tag von einer Stelle zur anderen ging. Aber immer vom Tag umstellt, nicht darüber. Es war eine Gehschule, jeder Tag mußte neu laufen lernen, und gegen mein Wissen, daß er gar nicht laufen kann. Das Entscheidende blieb unsichtbar. Und grell sichtbar die zurückgelassenen Spuren, indiskret nackt und changierend verpuppt in einem selbst.

Nachdenken, Reden, Schreiben sind und bleiben Behelfsmäßigkeiten, das Vorgefallene treffen werden sie nie, nicht einmal ungefähr. Ich verstehe nicht, was und wie ich wodurch war, je genauer das Gedächtnis die Details behalten hat. Es sind nur Viertel- und Halbseiten zu durchschauen, und auch diese jedesmal, wenn ich es versuche, anders. Klar denken, damit die Dinge erst richtig changieren.

136   Und doch, oder gerade deshalb weiß man, verglichen

mit Leuten, die sich in freierem Leben regelmäßig für lange Zeitabstände außer Acht lassen konnten, sehr viel über sich und die Umgebung. Eigentlich zu viel, und deshalb so wenig. Nicht weil man ein besseres Gedächtnis hat, sondern weil man dazu gezwungen wurde. Weil man sich nicht außer acht lassen konnte, während etwas geschah. Jeder Mensch läßt sich gerne außer acht, es ist einem leichter, wenn Dinge geschehen, als wenn sie fortwährend mit einem selbst geschehen.

Aus den Dingen, die ich erlebt habe, ohne mich darin unauffällig halten zu können, hab ich das meiste erfahren müssen, gegen meine Neugierde, meine Absicht, übers Zumutbare hinaus und gegen meine Nerven. Die zuvor nacherzählten Tage zeigen, Fahrrad und Haarebleichen, Kühlschrank und Kiessteine wechseln sich ab. Aber es bleibt im Wechsel aller nichtigen Dinge der wichtige Schatten, weil die Bedrohung bleibt.

Man kann und muß es auf diese einfache Schlußfolgerung bringen: Je unfreier ein Land ist, je mehr man von einem Staat beobachtet wird, mit um so mehr Dingen hat man es über kurz oder lang auf unangenehme Art zu tun. Um so seltener kann man sich außer acht lassen. Die Selbstwahrnehmung stellt sich automatisch ein, man wird beobachtet, beurteilt, also muß man sich selber auch beobachten. Die Verfolgung ist nicht nur dann vorhanden, wenn man Rede und Antwort steht beim Verhör. Sie sitzt eingeschlichen in den Dingen und Tagen, die sich äußerlich nichts anmerken lassen. Deshalb werden einem die abwesenden Lebensteile des Tages, das Beiläufige, das man ohne Beurteilung und Ziel mit sich herumträgt, abgewöhnt. Die ständig notwendige Vorsicht verlegt den Tag auf ein Millimeterpapier. Das Vorbeiziehen der Dinge ohne Spur, gedankenloses Sehen wird unmöglich. Das Wort »gucken« und wie man es hierzulande für jede Art des Sehens gebraucht, für mich ist es gerade das gedankenlose Sehen, das ich mir nicht leisten konnte. Ich hatte zu schauen, was noch nicht unbedingt sehen heißt. Erst das Geschaute gleichzeitig zu deuten heißt sehen.

Im überwachten Staat verlangt jede Situation des Verfolgten ihre Registratur. Diese muß so genau sein wie die Beobachtung und Registratur des Staates.

Der eigene gelebte Millimeter hat sich dem fremden Millimeter des Beobachters zu stellen. Es findet beim Bedrohten eine notwendige Angleichung seiner Lebensweise an die Taktik des Verfolgers statt. Der Verfolger arbeitet mit seiner Beobachtung an einem staatlichen Auftrag. Es genau zu wissen ist seine Dienstpflicht. Der Bedrohte seinerseits beobachtet den Verfolger, um sich vor ihm zu schützen. Der Verfolger praktiziert Angriff, der Bedrohte Verteidigung.

Der Verfolger muß nicht körperlich da sein, um zu bedrohen. Als Schatten sitzt er sowieso in den Dingen, er hat das Fürchten hineingetan ins Fahrrad, ins Haarebleichen, ins Parfum, in den Kühlschrank und gewöhnliche, tote Gegenstände zu drohenden gemacht. Die privaten Gegenstände des Bedrohten personifizieren den Verfolger.

Sicher erscheint der Verfolger auch persönlich in kalkulierten Abständen, die nötig sind, um die Bedrohung zu erhalten. An so einem Tag der körperlichen Präsenz ist er für das Auge des Bedrohten ein fliegendes Durcheinander von Auf- und Abtauchen: Er steht vor der Wohnung als Zeitungsleser, dann in der Straßenbahn, obwohl er an der

Haltestelle nicht zu sehen war. Er verschwindet beim Aussteigen. Irgendwann beim Betreten oder Verlassen des Brot- oder Kleiderladens oder im Warteraum des Arztes ist er wieder da oder wieder weg. Irgendwann, die Zielscheibe hat sich ins Straßencafé gesetzt, kommt er auf dem Fahrrad daher, stellt es ab und setzt sich an den Nebentisch. Die Zielscheibe sitzt auf dem Heimweg im Bus, und er fährt mit dem Auto nebenher. Das läuft und läuft. Und Tage später beim Verhör wundert man sich, daß der Tag des sichtbaren Spähers überhaupt nicht erwähnt wird, sondern nur die Tage dazwischen, an denen der Späher nicht körperlich sichtbar war. Man hat sich den Glauben an das, was man sieht, abzugewöhnen.

Weil der Verfolger nicht nur körperlich anwesend, sondern auch aus den intimsten Dingen heraus, die ihn personifizieren, beobachten kann, fühlt sich der Bedrohte, was immer er in seiner Wohnung mit sich und seinen Gegenständen tut, mit dem Verfolger Aug in Auge und beobachtet sich und ihn gleichzeitig. Es entsteht ein wechselwirkendes, aufeinander lauerndes Geschau beider Seiten, ein wilder geschlossener Kreis. Der Magnetkreis, aus dem die eine Seite die andere nicht herauslassen kann. Am gefährlichsten ist der Magnetkreis beim Verhör.

Beim Verhör bleibt die Anklage nicht bei den Beobachtungen des Spähers stehen. Sie bedient sich der geschehenen Fakten nur als Exposé, um ins unüberschaubare Konstrukt zu laufen. Aber als Exposé ist sie wichtig. Der Ankläger muß wissen, welche und wie viele Erfindungen er an die Tatsachen hängen kann. In seinem Mosaik muß pedantische Logik walten, damit er die Fäden in der Hand behält. Daß etwas nicht stattgefunden hat, ist kein Manko, 139 sondern ein Vorteil. In der Erfindung kann sich der Ankläger freier bewegen als in der Angebundenheit fertiger Realität.

Das Beste, was der Beschuldigte aus seiner defensiven, ausschließlich aus Ungenügendem bestehenden Situation machen kann, ist ein Widersprechen, das auf die Erfindung eingeht. Das Wort NEIN wäre naheliegend, es könnte und müßte zur Verteidigung immer wieder gesagt werden. Doch bei der Verteidigung ist NEIN das dümmste Wort. Es ist zu kurz, es verliert sich und läßt den Ankläger nicht aufhorchen. NEIN ist beim Verhör das Gegenteil von Verteidigung, der Beschuldigte hat sich aufgegeben und läßt die Anklage über sich rollen, wenn er NEIN sagt, statt zu reden. Außerdem gibt er dem Ankläger um so mehr Zeit für die Erweiterung des Konstrukts, je weniger er redet.

REDEN heißt beim Verhör auf die Erfindung eingehen. Als Beschuldigter hat man sich als der, der man wirklich ist, außer acht zu lassen. Man hat sich mit dem, den man in der Erfindung darstellt, abzugeben – aber ohne sich mit der Erfindung zu verwechseln. Man muß sich streng an die Erfindung halten, darf nie über ihren Inhalt hinausgehen in der Meinung, so die nächste Erfindung zu vermeiden. Mit Details, die aus der Erfindung herausrutschen, stößt man nur Türen auf, die der Ankläger von sich aus vielleicht nicht geöffnet hätte. Es kommen neue Nuancen oder ganze Rundumschläge, aus einem einzigen Wort, das man zuviel gesagt hat. Man darf zur Verteidigung nie etwas sagen, von dem in der Anklage nicht ohnehin die Rede ist. Man darf nie eine Gegenfrage stellen. Man darf beim Ankläger das Gefühl der Überlegenheit nicht stören. Aber wenn man an der Reihe ist, muß man reden, bis man unterbrochen wird. Wiederholt NEIN sagen und dazwischen schweigen treibt den Ankläger in Zorn. Er fühlt sich ignoriert, das verdirbt sein Selbstverständnis. Er will den Beschuldigten beschäftigen, braucht Mitarbeit. Der Beschuldigte muß mit seinem ganzen Kopf dabeisein und mit seinem ganzen Kopf außerhalb stehen und fortwährend prüfen, ob es ums Wiederkäuen alter Vorwürfe oder um neue Schuld geht. Beim Wiederkäuen vorheriger Verhöre muß man am vorsichtigsten sein, um sich genau zu wiederholen, am besten im selben Wortlaut. Man muß von sich selber so weit entfernt sein wie vom Ankläger, ohne sich gleichgültig zu werden. Nur so kann man sich helfen. Man hat nur in der Gegenseitigkeit des magnetischen Geschaus eine Chance.

Man hat aber nur einen Kopf. Wie viele verschiedene Halb- und Viertelpersonen wird man bei jedem Verhör, und welche vergehen oder bleiben im Schädel, wenn es vorbei ist und das nächste so gut wie sicher bevorsteht.

Der eigene Kopf wird so irr wie die Zerstörungstaktik des Staats und in seinem Kontext normal, der magnetische Gegenblick zur zweiten Natur und zum vermeintlichen Halt.

Erst wenn Verfolgte den Überwachungsstaat verlassen haben, sind sie außerhalb des Magnetkreises angekommen. Das Um-sich-Schauen in kurzen Takten, der abgerichtete, zutiefst unruhige Blick ist ein verformter Blick. In der neuen Umgebung, wo die meisten ihn nicht haben, flakkert er im Gesicht. Der mitgebrachte Fremde Blick ist alt. Neu daran ist nur, daß er zwischen intakten Blicken auffällt. Er läßt sich nicht von heut auf morgen abstellen, vielleicht nie mehr.   141

Intakte Leute spüren diesen Blick sehr schnell. Sie glauben, dieser Blick entstehe jetzt, und halten sich und ihre Umgebung für die Ursache für dieses Geschau. In bezug auf diesen Blick habe ich von intakten Leuten schon öfter das Wort »aufmüpfig« gehört. Daß ich mich mit diesem »aufmüpfigen« Blick nicht wundern soll, daß mich der Überwachungsstaat schlecht behandelt hat. Diese Bemerkung unterstellt, ich hätte die Diktatur zu meiner Verfolgung gezwungen und nicht sie mich zu diesem Blick.

Daß hiesige Leute von fremden so irritierbar, so grundlos und maßlos beunruhigt sind, so intuitiv Abstand nehmen, hängt mit diesem Blick zusammen. Ich will den Fremden Blick nicht in Schutz nehmen. Er tut seine Arbeit ohne Rücksicht auf Unbeteiligte, gibt seine Nervosität preis, weil er nicht anders kann. Im Zugabteil, im Supermarkt, im Warteraum oder Blumenladen tritt er mit der Beobachtung so dicht und überhitzt an Menschen heran, wie sie es nicht gewohnt sind. Er bügelt fremde Gesichter und Gesten und konstatiert schnell, wie er es jahrelang geübt hat: Kaum geschaut, ist die Deutung eingebaut. Er versteht den Intakten so wenig wie dieser ihn, zieht falsche, oft drastische Schlüsse, die nicht korrigiert werden. Der Fremde Blick geht angriffslustig auf Verteidigung, die überhaupt nicht nötig ist. Er braucht die gewohnte Angst und ständige Gereiztheit in kurzen Takten, ladet sich an seinem zufälligen Gegenüber auf, bedient sich an unbeteiligten Personen. In diese projiziert er das Böswillige hinein, damit er sich als Antwort darauf wehren kann: Gleichgültigkeit, Kälte, Tücke. Und wenn das Gegenüber freundlich ist, unterstellt er Heuchelei. Man kann es dem Fremden Blick nicht recht machen, denn er verwechselt Unbeteiligte mit seinem mitgebrachten Leben, er bleibt beleidigt und neigt zur Selbstgerechtigkeit. Es ist gut möglich, daß der Fremde Blick die Feindschaft, die er bei Unbeteiligten erzeugt, in ständiger Provokation – aber ohne Wahl – mitverursacht. Er exponiert sich, als hätte er etwas zu verstecken. Die Duplizität der nichtigen Gegenstände mit wichtigen Schatten sitzt im Fremden Blick, der Gegensatz von Sich-Nacktmachen und Verpuppen in einem. Er ähnelt den Dingen seiner überwachten Welt von damals.

Ich habe einmal eine Ansichtskarte einer bayerischen Landschaft gekauft, auf der ein Spruch von Herbert Achternbusch stand: »Diese Gegend hat mich kaputtgemacht. Ich werde sie nicht verlassen, bis man es ihr ansieht.« Dieser witzige Spruch ist in seiner Philosophie sehr ernst. Ich habe damals beim Lesen nur ein Pronomen verändern müssen, um ihn zum kürzesten, grandiosen Portrait des politischen Emigranten zu machen: »Diese Gegend hat mich kaputtgemacht. Ich werde sie nicht verlassen, bis man es MIR ansieht.« Daß man IHM es ansieht, das ist der Fremde Blick. Und viel später hab ich mal den Satz geschrieben: »Was man aus der Gegend hinaus trägt, trägt man hinein ins Gesicht.«

Daß der Fremde Blick seine Wirkung auf Intakte mitverursacht, ist nur eine Seite. Auch Intakte gehen auf Verteidigung, die gar nicht nötig ist. Auch sie projizieren in den Fremden Blick jene Gründe, die sie fürs Fliehen aus dem Hauch der Beschädigung brauchen.

Es sind beim Knistern zwischen Hiesigen und Fremden zwei Seiten im Spiel. Aber was man unter Fremdem Blick zu verstehen hat, der Inhalt des Begriffs wurde nur von den Hiesigen, Intakten geprägt. Es ist ihre Gegend, ihre Sprache. Sie haben ihre Sicht zu einem Konsens gemacht, an dem wohl nicht mehr zu rütteln ist: Fremdes Auge reizt sich am fremden Land. Diese Überzeugung dient den Intakten, man kann gutmenschlich von Fremden Abstand nehmen. Wenn der Beschädigte seinen Fremden Blick anders erklärt, wird abgewinkt. Das Wissen, wieviel Zerbrochenes so jemand mitbringt in eine ordentlich funktionierende Welt, macht Angst. Im Konsens: »Fremdes Auge reizt sich am fremden Land« sitzt die Hoffnung, daß dieser Blick vergeht, wenn er sich an das neue Land gewöhnt hat.

Da ich auch noch schreibe, wird mir der Fremde Blick im doppelten Mißverständnis bescheinigt. Zum Mißverständnis, ich hätte den Fremden Blick, seit ich in Deutschland bin, kommt noch ein Mißverständnis der Literaturprofis dazu. Sie halten den Fremden Blick für eine Eigenart der Kunst, eine Art Handwerk, das Schreibende von Nichtschreibenden unterscheidet. Erst mit der Zeit habe ich gemerkt, daß Schriftsteller dieses Mißverständnis stolz in Anspruch nehmen und mitstricken. Sie reden sich selber und anderen oft genug ein, das Schreiben unterscheide sich von jeder anderen Arbeit. Es bürde dem Künstler Lasten auf, von denen Nichtschreibende verschont bleiben. Autoren stilisieren ihre Arbeit zum Ausnahmezustand der Existenz. Sie lassen ihre angebliche Besonderheit gern bestaunen wie ein Goldblättchen. Sie verkaufen den Fremden Blick als Tugend.

Der Fremde Blick hat mit dem Schreiben nichts zu tun, sondern mit der Biographie. Ich kenne eine Mutter, die Buchenwald überlebt hat und ihre Tochter nie Schuhe mit Holzsohlen tragen ließ und nie erlaubt, daß man in ihrer

Gegenwart Fleisch grillt. Die beim Picknick im grünen Feld plötzlich lächelnd in den Himmel schaut und wie sich selber weggenommen sagt: »Hier ist es so schön wie auf dem Ettersberg« und weiter ißt, als hätte sie nur den Sommertag beschrieben. Ihre Bilder assoziieren sich genauso wie die eines Jorge Semprun: schöne Frauen in der Nacht einer Pariser Bar stellen den Tod vor Augen. Und das Schneien unter brennenden Straßenlaternen des Boulevards spiegelt ins Todesgelände Buchenwald. Er schreibt, sie schreibt nicht, das ist der Unterschied. Der Fremde Blick ist ihnen gemeinsam.

Noch aus der Kindheit, als ich selber den Fremden Blick nicht hatte, kenne ich die Sucht meiner Mutter auf Kartoffeln, diese Mischung aus Ekel und Gier, Angst und Fiebrigkeit beim Essen. 1945 hat meine Mutter die Kartoffel hassen und lieben gelernt, als Neunzehnjährige, zu fünf Jahren Zwangsarbeit ins Donetzbecken der heutigen Ukraine Deportierte. Sie hat die Kartoffeln verflucht und angebetet, wurde von den Kartoffeln, die nie reichten, in den chronischen Hunger getrieben. Und wurde als Knochenhautmädchen von den Kartoffeln wieder glattgenäht. Die Kartoffeln waren das Grundnahrungsmittel, der Grund zum Verhungern oder Überleben. Meine Mutter hat überlebt und steht in ewiger Komplizenschaft mit der Kartoffel. Kein anderer Mensch hat beim Kartoffelessen diesen Blick wie sie, diesen Atem, für den es, wie lange man in der Sprache auch suchen mag, zwischen Überdruß und Zungengier kein Wort gibt. Als müsse sie heute, das heißt 50 Jahre später, bei jeder Kartoffel noch einmal am Leben vorbei in den Tod, oder umgekehrt. Sie schaut die Kartoffelscheibe auf der Gabel an, bis sie ganz nah am

Mund ist, sich die Augen verdrehen und feucht werden. Sie hat noch nie so tief in die Scheibe gestochen, daß sie zerfällt. Sie läßt bis heute nie Kartoffelkrümel im Teller. Ich aß schon als Kind nicht gerne mit ihr, weil ich die Lampe in der Küche, den Tisch und die Kartoffeln in ihrem Teller bitten mußte, ihr zu helfen, daß sie nicht immer so essen und ich nicht immer so zusehen muß.

Für nichts durfte ich ein Messer benutzen, es hieß, ich sei noch zu klein. Nur Kartoffeln schälen mußte ich lernen. Und sie paßte auf, daß die Schalen immer gleich hautdünn werden, daß ich das Messer mit einer Bewegung führe und die Schale einen langen Kringel bildet. Damals hatte sie längst Kartoffeln genug, so viele, daß auch Hühner und Schweine sie als Futter bekamen. Aber die Aufsicht beim Schälen blieb, als hinge, was und wie ich später sein werde, von der Kartoffelschale ab. Wegen ihrer Komplizenschaft mußte ich im Kartoffelschälen mein Leben zuschneiden lernen. Nichts auf der Welt hat sie mir so oft erklärt und vorgeführt, wie die Kunst des Kartoffelschälens. Aber nie hat sie ein Wort gesagt, warum ihr das so wichtig ist. Und übers Lager nur spärliche Sätze. Daß ich Herta heiße, weil ihre beste Freundin im Lager so hieß und verhungert ist, hat meine Großmutter mir gesagt. Ich habe meine Mutter nie gefragt, ob sie in mir zwei Personen sieht. Alle Einzelheiten übers Lager weiß ich von anderen Leuten und aus Büchern. Ich glaube, sie selber stellt sich das Lager nur beim Kartoffelessen vor, um sich das Lager nicht beim Reden vorstellen zu müssen. Oder stellt sie sich das Lager auch vor, wenn sie mich beim Namen ruft. Dann allerdings hat sie sich viel zugetraut.

146   Ich habe einmal viele Jahre später geschrieben: »Eine

warme Kartoffel ist ein warmes Bett.« Aber was ist das schon im Vergleich zur Komplizenschaft mit der Kartoffel. Und was ist das schon im Vergleich zur Erinnerung an eine Tote, die wachgehalten wird durch den Namen eines Kindes, das man selbst geboren hat.

Den Fremden Blick als Folge einer fremden Umgebung zu sehen ist deshalb so absurd, weil das Gegenteil wahr ist: Er kommt aus den vertrauten Dingen, deren Selbstverständlichkeit einem genommen wird. Niemand will Selbstverständlichkeit hergeben, jeder ist auf Dinge angewiesen, die einem gefügig bleiben und ihre Natur nicht verlassen. Dinge, mit denen man hantieren kann, ohne sich darin zu spiegeln. Wo die Spiegelung beginnt, finden nur noch abstürzende Vorgänge statt, man blickt aus jeder kleinen Geste in die Tiefe. Das Einverständnis mit den Dingen ist kostbar, weil es uns schont. Man nennt es Selbstverständlichkeit. Sie ist nur so lange da, wie man nicht weiß, daß man sie hat. Ich glaube, Selbstverständlichkeit ist das Unangestrengteste, das wir haben. Sie hält uns in gebührendem Abstand zu uns selbst. Es ist die perfekte Schonung, wenn man für sich selber nicht vorhanden ist. Und es ist das Schwerste am Fliehen der Selbstverständlichkeit, daß sie Menschen nicht im Einzelnen, Aufzählbaren verwahrlost zurückläßt, sondern vieles auf einmal nicht mehr mit sich in eins zu bringen ist. Es wächst ein Sensorium, das pausenlos flattert und springt. Die ständige Selbstwahrnehmung ist inzestuös mit der äußeren Umgebung und Fremdgeherei in der eigenen Person. Man spürt die überangestrengten Nerven buchstäblich im Körper wie Zwirn und kann sie nicht abwerfen. Man wird sich überdrüssig und muß sich lieben.

Ich habe mir in den Jahren, als ich in diesem Zustand war, oft den Irrsinn gewünscht, um mich loszuwerden, ohne mich zu töten. Ich erhoffte vom Irrsinn eine andere Art Selbstverständlichkeit, eine, die mich nicht mehr braucht, weil ich mich nicht mehr kenne. Ich verstand damals nicht, weshalb ein Freund, der im Irrenhaus arbeitete, mich rügte. Ich glaubte, er rügt mich, weil er mich mag. Aber er rügte mich, und das zu recht, weil ich nicht wußte, wovon ich rede. Eines Tages hat er mich ins Irrenhaus, zwischen die Felder außerhalb der Stadt, mitgenommen. Er war Rockmusiker und machte für die Irren Musik. Er verdiente damit sein Geld, seitdem öffentliche Auftritte für Rockmusiker verboten waren. Er brachte seine Schallplatten in die Anstalt und ließ den Plattenspieler laufen: Beat, Rock, Jazz, Chansons, wie es kam. Und die Kranken verhielten sich, wie es kam. Sangen mit, schunkelten oder blieben abwesend, unerreicht reglos. Ob sie verstanden oder die singende Zeit nur brauchten, um die vielen Krähen in den Pappeln oben oder den Tumult im Schädel nicht zu hören, weiß ich nicht.

Was ich weiß: Ich habe dort keinen einzigen an politischer Verfolgung irre gewordenen Menschen gesehen, dem die Selbstverständlichkeit zurückgekehrt wäre als Wahn. Die Politischen quälten sich im Irrsinn pausenlos mit den Ängsten, die sie mitgebracht hatten aus der Normalität. Diese Ängste sagten sich durch Zittern, Weinen, Verrenkungen den ganzen Tag in ihrem Körper auf. Äußerste Qual und völlige Abwesenheit gingen zusammen. Man wußte, nach geraumer Besuchszeit, wer an privater Not und wer am staatlichen Terror zerbrochen war. Und was mich noch mehr überraschte, ich sah bekannte Zustände, die ich zeitweise selber hatte. Nur waren sie an den Irren ohne Unterbrechung zum Atemholen. Ich sah meine eigenen Zustände, an die ich mich gewöhnt hatte, als Vorstufe zum Wahn:

Daß ich manchmal für Minuten die Uhr nicht lesen kann und sie dann wieder lesen kann und nicht verstehe, wieso mein Verstand vor einigen Minuten ausgeknipst war. Daß der Wecker auf dem Tisch manchmal das Geräusch eines Busses macht, daß ich weiß, es ist ein Wekker, und doch Angst vor einem Unfall habe. Daß ich den Wecker abstellen muß, weil er ein Bus sein will, und ihn eine Stunde später wieder einstelle, weil der Bus weg ist.

Ich mußte auch an die Tage denken, an denen mich die Formen der Gegenstände quälen: Ich gehe zum Tisch eines Straßencafés, er ist rund. Die Sonne scheint drauf und ist rund. Die Kellnerin kommt mit einem nassen Lappen, wischt den Tisch. Ihr Tablett ist rund, ihre Schuhschnallen, ihr Armreifen sind rund, ihre Uhr. Ihre Blusenknöpfe sind rund, die braungefüllten Pupillen in ihrem Augenweiß. Ich bestelle halb belustigt über die Rundform des Tags Eis, weil die Kugeln rund sein werden. Als sie das Eis bringt, ist aber auch der Eisbecher rund, und das Wasserglas, und die nassen Ringe, wenn ich es wegschiebe. Meine Fingerkuppen sind rund. Und zuletzt auch die Münzen, mit denen ich bezahle. Diese Häufungen gab es auch mit schwangeren Frauen, Gehstöcken, oder Leuten, denen ein Finger fehlte.

Ich habe mir nach dem Besuch der Irrenanstalt nie mehr gewünscht, irr zu werden, sondern mich mit allen Möglichkeiten bemüht, den Verstand zu behalten. Ich wollte 149 meinen Körper nicht mehr an den Wahn verschenken, als Exerzierplatz, mich nicht quälen, ohne mich zu kennen.

Wer glaubt, er habe sich den Fremden Blick erarbeitet durch stilistische Übung und Sprachverständnis, weiß nicht, wieviel Glück er hatte, daß er dem Fremden Blick entgehen konnte. Er weiß nicht, daß er Nichtschreibenden gegenüber verächtlich ist und seine Eitelkeit an genau der Stelle aufbläst, an der die meisten Menschen nicht-schreibend zerbrochen sind. Er weiß nicht, wie dreist und ungeprüft seine Attitüde daherkommt. Der Fremde Blick hat mit Literatur nichts zu tun. Er ist dort, wo nichts ge-schrieben werden und kein Wort geredet werden muß: bei den Holzsohlen, beim Fleischgrillen, beim Himmel des Picknicks, bei den Kartoffeln. Die einzige Kunst, mit der er zu tun hat, ist, mit ihm zu leben.

Manchmal sag ich mir: »Das Leben ist ein Furz in der Laterne.« Und wenn das nicht weiterhilft, erzähle ich mir selber einen Witz:

Ein alter Mann sitzt vor seinem Haus auf der Bank, und der Nachbar geht vorbei und fragt:

Na, was tust du, sitzen und nachdenken?

Und der Gefragte antwortet: Nein, nur sitzen.

Dieser Witz ist die kürzeste Beschreibung der Selbstver-ständlichkeit. Ich kenne den Witz seit zwanzig Jahren und setz mich seither zu dem alten Mann auf die Bank. Aber richtig glauben kann ich ihm bis heute nicht.

Die rote Blume und der Stock

Auf den Sitzungen, mit denen die Leute in der Diktatur einen großen Teil ihrer Zeit zubrachten, zeigte sich das klarste Bild des Sprechens in der überwachten Gesellschaft Rumäniens. Wahrscheinlich nicht nur dieser Diktatur. Alles Halbauthentische, jeder persönliche Hauch, jedes individuelle Fingerzucken waren bei den Rednern aus der Welt geschafft. Ich sah und hörte austauschbaren Figuren zu, die sich vom einzelnen Menschen weg, in die glatte Mechanik einer politischen Position begeben hatten, um der Karriere zu entsprechen. In Rumänien wurde alle Ideologie des Regimes durch den Personenkult Ceauşescus gebündelt. Mit der gleichen Methode, wie mir im Kindesalter der Dorfpfarrer die Angst vor Gott in den Kopf setzen wollte, verbreiteten die Funktionäre ihre sozialistische Religion: Was du auch tust, Gott sieht dich, er ist endlos und überall. Das zigtausend Male ins Land gestellte Porträt des Diktators wurde unterstützt durch die Berieselung mit seiner Stimme. Durch stundenlange Übertragungen seiner Reden im Rundfunk und Fernsehen sollte diese Stimme als Kontrolle jeden Tag in der Luft liegen. Diese Stimme war jedem im Lande so bekannt wie das Rauschen von Wind oder fallendem Regen. Ihr Sprachduktus, ihre begleitende Gestik so bekannt wie die Stirnlocke, die Augen, die Nase, der Mund des Diktators. Und das Wiederkäuen der immerselben, gestanzten Fertigteile war so bekannt wie die Geräusche alltäglicher Gegenstände. Die Wiederholung der Fertigteile garantierte die Anerkennung beim Reden nicht mehr ganz. Daher gaben sich die Funktionäre bei ihren öffentlichen Auftritten Mühe, die Gestik Ceaușescus nachzuahmen. Der oberste Sprecher des Regimes hatte vier Schulklassen absolviert und nicht nur Probleme mit komplexeren Inhalten und der einfachsten Grammatik. Er hatte zusätzlich eine Sprachstörung. Beim Wechsel von Vokalen und schnellen Aufeinanderfolgen von Konsonanten blieb ihm die Zunge hängen, er nuschelte. Von dieser Sprachstörung versuchte er durch kleingehacktes, gebellartiges Silbensprechen und ständiges Händeflattern abzulenken. Deshalb brachte die Nachahmung seiner Sprechweise eine besonders auffällige, tragisch-lächerliche Verzerrung der rumänischen Sprache mit sich.

Ich sagte damals oft, die jüngsten Funktionäre im Land seien die ältesten. Denn sie schafften die Imitation des Diktators ohne Anstrengung, wie es schien, und perfekter als die älteren. Natürlich hatten sie diese auch nötiger, ihre Karriere hatte erst angefangen. Aber nachdem ich mit Kindergartenkindern zu tun hatte, blieb mir die Meinung nicht erspart, daß die Jungfunktionäre gar nicht imitierten. Sie waren es selber, sie hatten gar keine andere, eigene Gestik.

Ich war zwei Wochen Kindergärtnerin und merkte, daß die Imitation Ceaușescus schon bei Fünfjährigen unübersehbar war. Die Kinder waren versessen auf Parteigedichte und patriotische Lieder und die Landeshymne. Ich kam an diesen Kindergarten nach längerer Arbeitslosigkeit infolge der Entlassungen aus der Fabrik und einigen Schulen, die mich alle nicht mehr nahmen wegen: »Individualismus, Nichtanpassung ans Kollektiv und Fehlen sozialistischen Bewußtseins«. Das Unterrichtsjahr hatte längst angefangen, ich sollte eine an Gelbsucht erkrankte Kindergärtnerin, mit deren Genesung nicht so schnell zu rechnen war, vertreten. Ich dachte mir, als ich die Stelle annahm, so schlimm wie in den Schulen könne es nicht sein. Ein bißchen Kindheit wird es in diesem Staat ja noch geben, die leere, gleichmäßige Zerstörung durch Ideologie könne man bei so Kleinen nicht anwenden, da gäbe es noch Bausteine, Puppen oder Tänze. Auch hatte ich überhaupt kein Geld, aber Schulden und Wohnungsraten, die jeden Monat bezahlt werden mußten. Ich wußte, in die Abhängigkeit einer Mieterin sollte man in meinem Fall nicht gelangen. Denn jeder Vermieter hätte mich bei der ersten Drohung durch den Geheimdienst auf die Straße gesetzt. Ich hing am Tropf meiner Mutter, einer LPG-Bäuerin, die viel schuften mußte, um mich über Wasser zu halten.

Die Kindergartendirektorin führte mich an meinem ersten Arbeitstag zu meiner Gruppe. Als wir die Klasse betraten, sagte sie fast kryptisch: »Die Hymne.« Automatisch stellten sich die Kinder in einen Halbkreis, preßten die Hände kerzengerade an die Schenkel, streckten die Hälse lang, richteten die Augen nach oben. Es waren Kinder von ihren Tischchen aufgesprungen, aber im Halbkreis standen und sangen Soldaten. Es wurde mehr geschrieen und gebellt als gesungen. Auf die Lautstärke und Körperhaltung schien es anzukommen. Die Hymne war sehr lang, 153 hatte in den letzten Jahren etliche Strophen hinzugewonnen. Ich glaube sie hatte zu der Zeit ihre Sieben-Strophen-Länge erreicht. Ich war nach längerer Arbeitslosigkeit nicht auf dem laufenden, den Text der neuen Strophen kannte ich gar nicht. Nach der letzten Strophe löste sich der Halbkreis auf, tobend, kreischend wurden aus den Strammstehern wieder Unbändige. Die Direktorin nahm einen Stock aus dem Regal: »Ohne den geht es nicht«, sagte sie. Dann flüsterte sie mir ins Ohr und rief vier Kinder zu sich. Ich solle sie mir ansehen, sagte sie, und schickte die vier auf ihre Plätze zurück. Dann weihte sie mich in die Funktionen ihrer Eltern oder Großeltern ein. Ein Junge war sogar der Enkel des Parteisekretärs, da müsse man besonders aufpassen, meinte sie. Er dulde keine Widerrede, und man müsse ihn auch in Schutz nehmen vor den anderen, was immer er anstelle. Dann überließ sie mich der Gruppe. Im Regal lagen an die zehn Stöcke, bleistiftdicke, lineallange Baumzweige. Drei davon waren zerbrochen.

Draußen schneite es an diesem Tag die ersten großen, zerzausten Flocken, die liegenblieben in diesem Jahr. Ich fragte die Gruppe, welches Winterlied sie gerne singen möchten. Winterlied, sie kannten keines. Dann fragte ich nach einem Sommerlied. Sie schüttelten die Köpfe. Dann nach einem Frühlings- oder Herbstlied. Endlich schlug ein Junge ein Lied übers Blumenpflücken vor. Sie sangen von Gras und Wiese. Also doch ein Sommerlied, dachte ich, auch wenn es diese Einteilung hier nicht gibt. Kurz drauf war es soweit: Nach der ersten Sommerstrophe steuerte das Lied in der zweiten auf den Personenkult zu. Die schönste, rote Blume wurde dem geliebten Führer geschenkt. In der dritten Strophe freute der Führer sich und lächelte, weil er zu allen Kindern im Land der Beste war.

Die Einzelheiten der ersten Strophe, die Wiese, das Gras, das Blumenpflücken wurden in den Köpfen gar nicht nachvollzogen. Das ganze Singen, vom ersten Wort an, klang fiebrig, es trieb die Kinder in Eile. Sie sangen immer lauter, schroffer und schneller, je näher das Schenken der Blume und das Lächeln des Führers im Text kamen. Dieses Lied, das dem Sommer eine Strophe gönnte, verbot das Nachvollziehen der Landschaft, in der es seinen Anlauf nahm. Aber genauso verbot es das Nachvollziehen des Schenkens. Ceauşescu hielt zwar oft Kinder auf dem Arm, doch wurden diese vorher tagelang in ärztlicher Quarantäne gehalten, um eine Krankheitsübertragung auszuschließen. Das Lied forderte geistige Abwesenheit beim Singen. Sie hatte alles, was im Kindergarten geschah, im Griff.

Ich kannte einige Winterlieder aus meiner eigenen Kinderzeit. Das einfachste war: »Schneeflöckchen, Weißröckchen«. Ich sang, erklärte die Wörter, und daß jeder mal zusehen solle, wie der Schnee aus dem Himmel auf die Stadt fällt. Die kleinen Gesichter sahen mich verschlossen an. Das Staunen, das behütet, auch wenn es verängstigt, das durch poetische Bilder zusammengefaßte Hören und Sehen, das auch dort noch Halt gibt, wo es sentimental macht – es wurde mit Absicht von ihnen ferngehalten. Die Schönheit fallenden Schnees, die sich seit Menschengedenken individuell betrachten läßt, war kein Thema. Auch in diesem Bereich war das Land ausgestiegen aus der Geschichte der Gefühle. Es wurde verhindert, daß Sprachbilder wie »Weißröckchen« oder »du wohnst in den Wolken« 155 die Kinderköpfe besetzten. Auch war das Schneelied diesen so früh Verführten zu still. Ihre Gefühlsregungen begannen erst beim Strammstehen und Bellen. Sich als einzelner zu begreifen und von diesem Punkt aus die Details an sich und den Dingen auszuhalten, wie es zu einer zivilen Sozialisation gehört, das wurde nicht zugelassen. Diese Verhinderung an Persönlichem brachte es später in jedem einzelnen Leben soweit, daß man ihm in keiner Hinsicht gewachsen war. Und genau das wollte der Staat: Die Schwäche sollte an der Stelle beginnen, wo die eigene, zu dünne Haut sitzt. Die vom Regime angebotene Flucht aus der Schwäche war Anbiederung an die Stärke der Macht, Selbstverleugnung und Unterwürfigkeit als Chance zum Weiterkommen. Ein Sensorium, das sich selbst aufrichtet, das ohne diese Flucht zurechtkommt, sollte nicht entstehen können.

Ich sagte an diesem ersten Arbeitstag im Kindergarten, die Kinder sollen Mäntel, Mützen, Schuhe anziehen, wir gehen hinaus in den Hof, in den Schnee. Die Direktorin hörte Lärm im Kleiderraum. Sie riß ihre Bürotür auf. Es gehe um ein Schneelied, sagte ich, und warum solle ich den Kindern drinnen erzählen, wie Flocken fallen. In einer halben Stunde seien wir wieder in der Klasse. »Was stellen Sie sich vor«, schrie sie, »dieses Lied steht in keinem Programm.« Wir mußten zurück in die Klasse. Spiele und Pause und Essen, dann wieder das Lied.

Am nächsten Morgen fragte ich als erstes, ob jemand den Flocken, die »in den Wolken wohnen«, zugesehen habe. Da war ich das Kind, ich hatte es getan. Um mir Mut zu machen für den Tag, hatte ich mir auf dem Weg zur Arbeit das Lied sogar stumm in den Kopf gesungen. Verlegen fragte ich, ob sie sich an das Lied von gestern noch erinnern. Da sagte ein Junge: »Genossin, wir müssen zuerst die Hymne singen.« Ich fragte: »Wollt ihr oder müßt ihr.« Die Kinder riefen im Chor: »Ja, wir wollen.« Ich fügte mich und ließ die Kinder die Hymne singen. Und wie am Vortag standen sie im Nu in ihrem Halbkreis, preßten die Hände an die Schenkel, streckten die Hälse, hoben die Blicke und sangen und sangen. Bis ich sagte: »Gut, jetzt versuchen wir das Schneelied zu singen.« Da sagte ein Mädchen: »Genossin, wir müssen die Hymne ganz singen.« Es wäre zwecklos gewesen, wieder nach dem Wollen zu fragen, ich sagte nur: »Dann singt sie ganz.« Sie sangen die restlichen Strophen. Der Halbkreis löste sich auf. Alle, außer einem Jungen, setzten sich an die Tischchen zurück. Der Junge kam auf mich zu, sah mir ins Gesicht und fragte: »Genossin, warum haben Sie nicht mitgesungen. Unsere andere Genossin hat immer mitgesungen.« Ich lächelte und sagte: »Wenn ich mitsinge, dann höre ich nicht, ob ihr richtig oder falsch singt.« Ich hatte Glück, der kleine Wächter war auf meine Antwort nicht gefaßt. Ich auch nicht. Er lief zurück an sein Tischchen. Er gehörte nicht zu den vier höheren Wesen der Gruppe. Für den Moment war ich auf meine Lüge stolz. Aber die Umstände, wie es zu dieser Lüge kommen mußte und gekommen war, nahmen mir für den ganzen Tag die Ruhe.

Ich ging jeden Morgen mit größerem Widerwillen in den Kindergarten. Die pausenlose Bewachung durch Kinderaugen lähmte mich. Mir war schon klar, eine bewußte Entscheidung für das Schneelied gegen die Parteilieder war bei Fünfjährigen nicht zu erwarten. Aber sie hätten ja ohne Komplizenschaft, unbewußt, instinktiv an dem

Schneelied mehr Gefallen finden können als am Bellen und Strammstehen ihrer Lieder. Objektiv war es verboten, den Kleinsten, Dreijährigen etwas Persönliches mitzugeben, aber subjektiv wäre es bei ihnen noch möglich gewesen. Bei den Fünfjährigen war es auch subjektiv unmöglich, es war zu spät. Das stand mir von Tag zu Tag kategorischer vor Augen. Der Mißbrauch menschlicher Substanz war verinnerlicht, er hatte süchtig auf seine Fortsetzung gemacht. Die Zerstörung war bei Fünfjährigen fertig geschehen.

Dies war die eine Hälfte der Tatsachen. Die andere Hälfte war der Stock. Alle Kinder, außer den höheren Wesen, in deren Herkunft ich zwecks Schonung eingeweiht worden war, zogen, egal wie und wann ich mich ihnen näherte, automatisch den Nacken ein. Ich hatte den Stock nicht in der Hand, aber sie waren so an Prügel gewöhnt, daß sie mit angstverzerrten Gesichtern zu mir schielten und bettelten: »Nicht schlagen, bitte nicht schlagen.« Und jene, die nicht in Reichweite waren, riefen: »Jetzt kriegst du, jetzt kriegst du.«

Ich benutzte den Stock kein einziges Mal. Die Folge davon: Ich konnte mir, um Aufmerksamkeit bittend, erklärend, auch schreiend, keine fünf Minuten am Stück Gehör verschaffen. Auch dafür war es zu spät. Der gewöhnlich gesprochene Wortlaut, egal in welcher Tonlage, war kein Verständigungsmittel. Der Trance des Phrasendreschens entsprach nur der Stock.

Diese Kinder versuchten, mich zu zwingen, ihr Bedürfnis nach Prügel zu stillen. Sie fühlten sich im Stich gelassen, hingen in hysterischer Leere, weil die Prügel nicht kamen. Das Weinen unterm Stock war für sie das einzige, wodurch sie sich als Person spürten. Es hob sie heraus aus dem Kollektiv.

Im Vorbeigehen an halboffenen Türen der anderen Klassen hörte ich die Stöcke schlagen und krachen und die Kinder weinen. Für Direktorin und Kolleginnen, die prügelten, und vielleicht noch mehr bei den Kindern, die weinen wollten, war ich aus demselben Grund unfähig: Für die einen nicht gewillt, für die anderen nicht imstande, den Stock zu benutzen.

Aber auch mir selber war ich immer weniger gewachsen. Nicht so werden wie die anderen, und nicht so bleiben können, wie ich war – dieser Zwiespalt war nicht zu lösen. Ich kündigte nach zwei Wochen.

Der gesprochene Wortlaut, der intuitiv im Kopf entsteht, durch den wir uns wie selbstverständlich aufeinander beziehen, ist nicht angeboren. Er kann gelernt oder verhindert werden. In der Diktatur wurde er bei Kindern durch Erziehung verhindert. Und bei Erwachsenen, wo er in Reminiszenzen vorhanden war, getilgt.

Die Insel liegt innen – die Grenze liegt außen

Seit ich in Deutschland lebe, höre ich immer wieder, der eine oder die andere sei »reif für die Insel«, und man versteht darunter einen Urlaub auf einer Ferieninsel, das Inselglück des Touristen.

Das zusammengesetzte Wort »Inselglück« hat für mich zwei auseinanderstrebende Teile. Das Wort »Insel« läßt das Wort »Glück« nicht zu. Ich habe über dreißig Jahre in einer Diktatur gelebt, in Rumänien. Jeder für sich war eine Insel und das ganze Land noch einmal – ein nach außen abgeschottetes, nach innen überwachtes Gelände. Es gab also auf der großen festen Insel, die das Land war, die kleine umherirrende Insel, die man selber war. Beides aufeinandergelegt im Zwang, zwei aufeinandergezwungene Tatsachen. Dabei hätte eine und jede der beiden für sich allein gereicht, um daran zu zerbrechen.

Auch in meiner Familie war jeder eine Insel. Es waren die 50er Jahre, eine Kindheit im Stalinismus, ein abgelegenes Dorf ohne Asphaltstraße zur Stadt – aber kein politikfreies Gehege. Drei, vier Politfunktionäre hatten alle und alles unter Kontrolle. Sie kamen aus der Stadt. Frisch geschult machten die jungen Bewacher den Anfang ihrer Karriere in einem Kaff, profilierten sich durch Drohungen,

Verhöre, Verhaftungen. 405 Häuser hatte das Dorf, etwa 1500 Bewohner. Alle liefen herum mit dem Schrecken. Niemand traute sich, darüber zu reden. Auch wenn ich als Kind die Inhalte der Angst nicht kapierte, fraß sich das Gefühl der Angst in den Kopf. Alle in meiner Familie waren beschädigt. Meinen Großeltern hatte man als »Ausbeuter des Volkes« das Feld, den Kolonialwarenladen enteignet. Einer der wohlhabendsten Leute der Gegend hatte über Nacht nicht einmal mehr Geld genug, um den Friseur zu bezahlen. Sein Sohn war im Krieg gefallen. Seine Tochter, meine Mutter, wurde fünf Jahre ins Arbeitslager in die Sowjetunion deportiert, wo sie den Tod als Verhungern und Erfrieren sah. Mein Vater hatte den Krieg überlebt. Ja, mein Großvater murmelte sich bei jeder Hausarbeit Sätze ins Kinn. Meine Großmutter nuschelte ihre Gebete für sich. Meine Mutter stürzte sich ins Schuften bis zur völligen körperlichen Erschöpfung. Mein Vater in den Alkohol, bis die Beine einknickten und die Zunge lallte. Und ich begriff inhaltlich nichts und gefühlsmäßig alles an diesem wortlosen, mit dem Schweigen gepaarten Ruin. Ich lief mit mir herum, wollte oft von ihnen und aus mir selber weglaufen. Ich redete auch laut mit mir, wenn ich sicher sein konnte, daß mich niemand sieht. Ich kenne aus der Kindheit das Inselunglück. Alle bestehen daraus: die im Haus, die im Dorf. Die Nachbardörfer waren zwei rumänische Dörfer, ein slowakisches und ein ungarisches Dorf. Jedes für sich mit seiner anderen Sprache, seinen Feiertagen, seiner Religion, seiner Kleidung. In diesem deutschen Dorf aber galten alle als schuldig an Hitlers Verbrechen, auch wenn sie während des Kriegs ganze oder halbe Kinder oder noch gar nicht geboren waren. Auch das grüne

Tal am Dorfrand kenne ich als Insel. Allein sein mit den Kühen und spüren, wie Landschaft zu groß wird für die armselig bemessene Haut, weil sich Himmel und Gras miteinander verbandeln. Die landschaftliche Schönheit als Drohung empfinden, als Pendeluhr, die ihr Ticken selber frißt und dich übers Gras ins taumelnd Blaue hebt und dort oben rausschmeißt, oder unters Gras ins gestampft Grabschwarze drückt und rausschmeißt.

Diese deutsche Minderheit wurde als Insel der Nazifritzen gesehen und empfand sich selber als Insel der schuldlos von den Rumänen Bestraften. Waren doch die Rumänen mit Antonescu genauso wie sie Hitlers Verbündete. Wie jede Bauernbevölkerung in ihrem Naturell schon wortkarg genug, wurden diese Bauern durch das, was man Geschichte nennt, zusätzlich stumm gemacht. Sie wurden demütig nach außen, werkelten wie bedingungslos Dressierte auf dem Staatsacker, der bis vor kurzem ihr Eigentum gewesen war. Und als innere Kompensation wurde der Mythos der Überlegenheit gestrickt, abseits jedes Vokabulars, das dem Sozialismus hätte in die Quere kommen können. Unbelehrbar in Bezug auf Hitlers Verbrechen, sang man die Nazilieder als Trinklieder, die doch nur gute Stimmung machten. Die damit verbundene Angst befeuerte, durch die gute Stimmung schlich Vorsicht, aber indem man ihr nicht nachgab, hatte man wieder tapfer das sogenannte Volksgut und Brauchtum gepflegt, es vor dem Untergang gerettet. Nein, es war kein Inselglück im Spiel, sondern nationalistisch verstiegene Gruppenangst. Man betrachtete sich als kleiner Haufen, der sich sein Eigenstes, sein »Deutschtum«, nicht nehmen läßt. Der durch seine Lebenstüchtigkeit alle anderen weit in den Schatten stellt.

Ja, ich war als Kind ein Stück ihres Inselunglücks, gehörte dazu, hatte von den Erwachsenen beides übernommen: in Richtung Staat das eingeschüchterte Kind der Nazifritzen, im inneren Knäuel des Dorfes das überhebliche Wissen, daß »wir« Deutsche besser sind als alle anderen. Obwohl mir dies zweite Wissen, wenn ich mit mir allein war, konkret also, nichts half. Obwohl es mir keinen Millimeter Halt gab, nicht einmal im dunklen Zimmer im Bett und im großen grünen Tal schon längst nicht, ging ich im allgemeinen wie selbstverständlich davon aus, daß »wir« etwas Besseres sind. Es gab sogar einen ursächlichen Zusammenhang zwischen der banatschwäbischen Überlegenheit und staatlichen Schikane: Weil wir die Besseren sind, werden wir drangsaliert – genauso hatte ich es zu Hause erklärt bekommen. Parallel laufend zur staatlichen eine banatschwäbische Ideologie. Sie sollte die Stigmatisierung durch den Staat ausgleichen, half aber individuell keinen Schritt, mit dem Tag, der Stunde, der Minute, der Dorfstraße oder dem Tal zurechtzukommen. Das hatte ich längst gemerkt, aber zu denken gewagt hätte ich das nicht. Ich entgleise aus dem Wir-Gefühl, obwohl ich es teilen wollte. Man will als Kind dazugehören zu denen im Haus, zu denen im Dorf. Man ist auf etwas für immer Geregeltes angewiesen. Ich sehnte mich danach und ermüdete daran. Sah aber auch, daß jeder so ein bißchen ermüdet an sich selbst und zu viel arbeitet, um das, worüber nicht geredet werden darf, in Schach zu halten. Um der Wachsamkeit dahergelaufener Parteibonzen einerseits und der Pflicht, einer dieser besseren deutschen Wirs darzustellen, zu entsprechen. Nur instinktiv, also unvermeidlich, doch ohne eigenes Eingeständnis, gehörte ich innerlich zum Äußeren 163 oft nicht dazu. Ich suchte keine Gründe. Wird schon bei jedem so sein, dachte ich, man darf es mir nur nicht ansehen. Es ist die beste Erfindung Gottes an uns Menschen, daß er die Kopfknochen so dick und undurchsichtig geschaffen hat, dachte ich. Daß dieses auf den Gruppenerhalt eingeschworene Dorf mit seinem ganzen Dorfleben aus dreihundert Jahre alten Ritualen auf die Vermeidung der Ichs zwecks Erhaltung der Wirs zielt, durchschaute ich nicht. Ich empfand es als eigenes Versäumnis, als Versagen, wenn die Einsamkeit den Tag durchkreuzte und alles Dazugehören ausgehebelt war.

Es sind in diesen Jahren unbewußt die Muster gelegt worden, die sich dann fortgesetzt haben, als ich mit 15 Jahren in die Stadt aufs Gymnasium mußte. Ich weiß bis heute nicht, ob dieses Wiedererkennen der Muster schonte oder zusätzlich belastete. Ich traf in der Stadtschule auf die Insel der Dorfkinder unter den Stadtkindern. Es war ein deutsches Gymnasium, aber die gut gekleideten, schlagfertigen, im Profilieren tüchtigen Schüler kamen aus rumänischen Nomenklatura-Familien. Sie blickten auf die Dörfler herab, arme Deppen, die auch etwas Besseres werden wollen. Wie mich hätten sie alle aus meinem Dorf belächelt. Die Dorfbesseren hatten mir Unsinn erzählt, ihre Selbsteinschätzung entpuppte sich als Selbsttäuschung, 30 km vom Dorf entfernt in der Stadt taugte diese ganze Erziehung nicht die Bohne. Das war eine schnelle, bittere Einsicht. Die Städter waren geschmeidig, sie konnten scharwenzeln mit dem Körper und mit der Zunge. Sie waren Rumänen, aber sauberer gewaschen als ich und fleißiger im Lernen. Warum also hatte
man mir zu Hause gesagt: die Rumänen sind dreckig und

faul. Nur eines blieb gültig: Vor Bonzen soll man sich hüten. Sie erwarben durch natürliches, in der Familie angelegtes Geschick die Aufpasserpositionen in der Klasse, boten sich an für Parteiarbeit, leiteten Sitzungen. Sie kamen nicht aus stigmatisierten Familien, in ihren Familien wurde der Staat akzeptiert, ihre Eltern hatten ihnen zwar auch vorgelebt, daß sie etwas Besseres sind, aber im Einklang mit diesem Staat. Ihre Logik war: Wer etwas Besseres im Staat ist, der ist nicht nur etwas Besseres für sich selbst, sondern auch oder gerade gegenüber jenen, die dem Staat suspekt sind.

Und außerhalb des Gymnasiums, auf den Straßen der Stadt war wieder alles zu groß für die armselig bemessene Haut, wenn auch auf andere Weise. Ich hatte Heimweh, bis ich Bücher zu lesen begann über das Phänomen Provinz und über den Nationalsozialismus. Ich sah mein Dorf wie hinter einer Glaswand stehen, eine gespenstisch aus der Welt gerückte Kiste mit gnadenlos erstarrten Leuten. Ich mied die Bonzenkinder, aber ich wollte städtisch werden wie die Tausenden gewöhnlichen Leute in den Läden, Parks, Straßenbahnen. Ich erkannte die vielen herumirrenden Inseln auf der festen Insel aus Asphalt. Das Inselunglück dieser überwachten Stadt spiegelte sich tagtäglich in den Gesichtern. Ich erlebte Polizeirazzien, das öffentliche Abführen von Leuten, die Fotos angstverzerrter Gesichter der geschnappten Ladendiebe in den Schaukästen am Eingang der Läden und als Pendant dazu entlang der Parkwege die Schaukästen mit dem schmierigen Lächeln der Bestarbeiter und sozialistischen Helden. Ich sah die abgerissenen, mitten auf der Straße gestorbenen jungen oder alten Menschen im Staub liegen, die gleichgültig vorüber- 165 gehenden Passanten, und ich sah den Pomp der Staatsbegräbnisse mit den offenen Särgen auf samtverkleideten Lastwagen und die Gaffer mit den glasigen Augen. In den Blicken stand dies Gemisch aus unterdrücktem Ekel vor dem Pomp für einen toten Schweinehund und dem ungezügelten Neid, dem Bedauern, daß einem selbst so ein ehrenwertes Begräbnis nicht gegönnt sein wird. Natürlich hätte sich keiner getraut, die Verachtung oder den Neid zu äußern. Denn jeder wußte, daß unter den Gaffern Aufpasser sind. Jede halbe Bemerkung wäre eine ganze zuviel, das saß fest im Hinterkopf. Ein unüberlegtes Wort hatte schwere Folgen. Wenn man mit einem Ausrutscher der Zunge schon in den Fängen des Bewachungspersonals landen kann und damit sein zukünftiges Leben kippt und das bisherige mitreißt, dann ist jeder gezwungen, eine Insel zu sein. Das Mißtrauen ist immer und überall ein Grundgefühl. Jeder ist ein herumlaufendes Geheimnis, steckt übervoll mit Verbotenem. Es ist sein Geschick oder Ungeschick, es für sich zu behalten oder unbesonnen auszuplaudern. Das ist der alleinige Ausgangspunkt für jede Begegnung zwischen den gewöhnlichen Menschen, so selbstverständlich ist das wie Tag und Nacht. Man darf sich mit dem Verbotenen, von dem jeder weiß, daß man es denkt, nicht erwischen lassen, darf in Wort und Tat nie beweisen, was jeder weiß. Der große rumänische Surrealist Gellu Naum schreibt in seinem Buch »Zenobia«: »... denn es gibt Dinge, über die geschwiegen werden muß (...), die anderen verstehen, soviel sie verstehen können; jeder sagt weniger, als er versteht, und versteht mehr, als man ihm sagt, aber was er versteht, das sagt man ihm nicht, weil er das, was man ihm sagt, nicht versteht und so weiter.«

166

Und die andere Insel war die Nomenklatura. Wirtschaftsfunktionäre, Parteifunktionäre, Geheimdienst, Polizei, Militär. Sie hatten einen Staat im Staat, Wohnviertel, Läden, Krankenhäuser, Kantinen, Jagdreviere, Urlaubsorte nur für sich. Ihr Inselglück war vielleicht eins im Vergleich zum Leben der gewöhnlichen Leute. Aber die Genugtuung hielt sich wahrscheinlich in Grenzen, denn an diesem Fußvolk mußten sie sich abarbeiten. Sie mußten es stumpf und ängstlich halten, das kostete taktische, auf Wirkung zielende Arbeit. Der Effekt mußte sichtbar sein, sie wurden am Erfolg ihrer Repression gemessen. Das hierarchische Gefälle war zwar klar, aber sie wurden mit allen Mitteln des gewöhnlichen Lebens ausgetrickst, waren dem Volk verhaßt. Ihren Status auskosten konnten auch sie nur unter ihresgleichen – da aber war jeder jedem Kumpan und Kontrahent in einem. Wie in meinem deutschen Dorf mußten auch sie die Erhaltung ihrer Insel als Pflicht auffassen, immer den besseren Wirs entsprechen. Auch sie konnten sich das Dazugehören nicht verscherzen, gehörten mit Haut und Haar der Gruppe, die etwas Besseres aus ihnen gemacht hatte. Sie waren der vom großen Inselhaufen des Fußvolks gefürchtete kleine Inselhaufen. Ihr eigener Machterhalt war den Regularien der Ideologie völlig unterworfen. Sie waren hoch oben und konnten jederzeit stürzen, die Funktion, Privilegien, materielle Versorgung, ihre Lebensweise schlechthin einbüßen und mit sich ihren ganzen Clan ins desaströs gewöhnliche Leben des Fußvolks herunterreißen. Von diesem aber wurde ihr Absturz nicht bedauert. Auch gefallene Bonzen wurden von den gewöhnlichen Leuten mit Schadenfreude auf Distanz gehalten.

Ein Land, dessen Grenzen mit Gewehren und Hunden bewacht werden, ist eine Insel. Ein großer Teil der Verbote, die jeder mit sich herumschleppte, waren die Fluchtgedanken. Statt Inselglück gab es den in jedem Kopf sitzenden Fluchtwunsch, weg von der Insel, koste es, was es wolle. Es war unvermeidlich und daher selbstverständlich, sein Leben dafür zu riskieren. Die grüne Grenze zu Ungarn und die an Jugoslawien grenzende Donau übten einen Sog aus. Sie zerrten den Verstand in die Füße. Das tödliche Weglaufen nahm kein Ende, egal wie viele gruselige Fluchtgeschichten kursierten. An der grünen Grenze lagen die Leichen bei der Weizenernte zwischen den Mähdreschern, erschossen oder von Hunden zerrissen, meist beides. Auf der Donau trieben Leichenteile, Fliehende wurden von Schiffen gejagt und mit den Schiffsschrauben zermahlen. Dennoch wuchs der Fluchtwunsch. Er steigerte sich zur Fluchthysterie, der Ekel vor dem Alltag, der Überdruß des wertlosen Lebens schlug um in eine Hoffnungspsychose, in das gefährlich erreichbare, aber dann in der Fremde machbare Leben. Der Weglaufinstinkt begleitete alle anderen Dinge. Man sah in diesem Land nur den vorläufigen Ort seines Lebens. Der Glaube, daß sich früher oder später die Gelegenheit zur Flucht ergibt, war der einzige Halt. Dieser zog viel Opportunismus nach sich. Man durfte bis dahin nicht auffallen. Mehr noch, man mußte sich arrangieren, Karriere machen. Je höher man in eine Position klettern konnte, um so größer wurden die Möglichkeiten. Man verfügte über Einfluß, konnte die Abhängigkeit anderer nutzen. Durch die Erpressung der niederen Ränge schuf man sich das Kapital zur servilen Bestechung der höheren. Bei vielen war das Sich-an-die-

Macht-Dienen eine einzige, getarnte Vorbereitung der Flucht. Nicht obwohl, sondern gerade weil sie ihr Ziel erreicht hatten, setzten sich Funktionäre ins Ausland ab. Spöttisch sprachen die Leute von der Flucht als höchstem Luxus. Jeder Bonze war doch angeblich von einem hoch entwickelten sozialistischen Bewußtsein beseelt. Nach so vielen Bonzenfluchten hätte man das sozialistische Bewußtsein umdefinieren und konstatieren müssen: Die höchste Entwicklungsstufe des sozialistischen Bewußtseins ist die Flucht in den Kapitalismus. Die Flucht der Bonzen hatte mit dem verzweifelten In-den-Tod-Rennen gewöhnlicher Leute nichts mehr zu tun. Sie war ein abgesichertes Geschäft, das Todesrisiko schrumpfte auf Null. Obwohl die Bevölkerung solchen Gestalten die geglückte Flucht nicht gönnte, diese Freiheit, die sie einem selber bis zum Tag ihrer Flucht genommen hatten, kam in den Kopf hämische Freude, wenn die eigenen Bonzen dem Regime den Rücken kehrten.

Der Sog der Fremde als machbares Leben: nebulös, schicksalsgroß wurde er jedesmal, wenn ich mit dem Zug von Temeswar nach Bukarest fuhr, zu einem konkreten Bild. Der Zug fuhr nämlich eine Weile ganz eng an der Donau entlang. Zwischen ihm und der Grenze war nichts mehr. Und alle, groß und klein, sogar uniformierte Militärs und Polizisten, gingen auf den Gang und schauten hinaus, als stünden sie unter Hypnose, als sähen sie ihre Zukunft. Als wäre diese gleichgültige Donau eine fließende, für jeden persönlich gültige Wahrsagerei übers Gelingen der eigenen Flucht. Niemand mehr bewegte sich, es war still wie in einer Kirche. Und da draußen floß das meist breite, schlingernde Wasser, und es glitzerten hier und da die engen Stellen, wo das Hinüberschwimmen kein Problem wäre. Und drüben lag Jugoslawien, das Transitland Richtung Westen. Man sah Dörfer, Bäume fächelten dort, als würden sie warten, daß man kommt. Niemand mehr traute sich, dem anderen ins Gesicht zu sehen, die Haut spannte sich unwirklich, schimmerte wie eingewachst oder gefroren. Das Träumen hatte alle im Griff, die allgemein bekannte Grundfrage: Fliehen, aber wie. Es war zum Greifen deutlich, woran jetzt alle dachten, so deutlich, daß sich das Rattern des Zugs eine Weile anhörte wie »Ich will weg von hier, ich will weg von hier«, in endloser Wiederholung. Das Eisen sang der Donau entlang sein Lied so beklemmend deutlich auf die Schienen, daß man den Rädern das Maul hätte verbieten wollen, weil die Reisenden wie ein Chor der Ertappten dastanden. Wenn die Donau vorbeigezogen war, gingen alle wortlos wieder auf ihre Plätze ins Abteil und setzten sich hin, in ihr wirkliches Leben.

Ich bin hiermit wieder einmal beim Gegenteil von Inselglück, bin wieder und noch immer beim Inselunglück. In bezug auf »Glück« gibt es für mich das »Glücklich sein« und das »Glück haben.« Es sind diese beiden nicht nur verschiedene, sondern entgegengesetzte Dinge. Ich kenne das »Glück haben« als Situation, in der das Schlimmste, das zu erwarten war, nicht eingetreten ist. »Glück haben«, weil das Glücklichsein ausgeschlossen ist. Das »Glücklich sein« ist ein dauernder Zustand, eine glatte Strecke. Es wird innerlich getragen, definiert sich als Gefühl. Es basiert auf einem großen eigenen Beitrag. »Glück haben« ist momentan, kommt von außen, hat mit Gefühl überhaupt nichts zu tun, es ist ein oft unerklärlicher Zufall. Daß man »Glück hat«, passiert blitzschnell wie beim Fingerschnippen, man begreift es erst danach. Kurz danach, aber manchmal auch erst Jahre danach durch die Rekonstruktion von Tatsachen, in denen man seinerzeit ahnungslos stand. Wenn man das »Glück gehabt haben« gleich danach begreift, spürt man das »schrille Glück«. Auch dies ist das Gegenteil von »Glücklich sein«, denn es ist ein unverschämtes, dreistes, den äußeren Vorgaben des Lebens entwischtes Glück. Das schrille Glück ist taumelig, eilt wild durch sich selbst, muß sich sofort austoben, weil es die äußeren Vorgaben nicht ausblenden kann. Es beendet sich selbst, bevor die äußeren Vorgaben es verdecken und wieder kassieren.

Ist »Inselglück« privates Glück trotz katastrophaler Umgebung, ein bewußt gebautes, individuelles »Kopfglück«. Ist es eine Art, intellektuell sein Glück zu machen durch das, was man aus Büchern auf sich selber zugeschnitten hat. Wenn es das Zehren aus Büchern fürs eigene Leben meint, funktioniert es im drangsalierten Alltag nicht. Ich hatte eine Handvoll enger Freunde, wir lasen Bücher und redeten darüber. Es war unsere Hauptbeschäftigung, Gelesenes auf unser Leben zuzuschneiden. Wir konnten unsere Misere in Sachbüchern sachlich formuliert, genau analysiert, nüchtern kommentiert nachlesen. Wir konnten diese Misere in Gedichten und Romanen wiederfinden in der Dringlichkeit des poetischen Bildes. Beide Lesarten gaben Halt, indem sie einem den eigenen Zustand bestätigten. Sie halfen einem, nicht stumm vor sich selber zu sein. Ändern konnten die Bücher nichts, zeigte sich einem doch nur, wie man aussieht, wenn das Glück nicht zu machen ist. Und das ist sehr viel, mehr habe ich von einem Buch nie erwartet. Wenn also das intellektuell gemachte Kopf- 171

glück, das nicht hinhaut, aus dem »Inselglück« wegfällt, ist dann das »Herzglück« gemeint. Aber sitzt das, was wir »Herzenssache« nennen, nicht im Kopf. Können beschädigte oder gar zerbrochene Menschen ihre intimen Beziehungen, auf die sie so sehr angewiesen sind, überhaupt intakt halten. Die Liebe ist kein anderes Land, sie steht dort, wo die Füße und der Kopf stehen. Sie muß sich tagtäglich den äußeren Umständen stellen. Man kann sich ein Stückchen durch Liebe schonen, sich in ihr anders fühlen als das im Revier der Überwachung ignorierte oder drangsalierte Nichts. Aber gerade deshalb wurde die Liebe auch zur Ersatzhandlung für alle fehlenden Freiheiten. Ich kenne kein Land, in dem die Liebe so hungrig war wie in Rumänien. Kreuz und quer durch die Hierarchien gab es in der Fabrik, in den Schulen, wo ich gearbeitet habe, außereheliche Beziehungen. Männer und Frauen magnetisierten sich, das Elend ihrer Arbeitsplätze machte sie offenbar disponibel. Das Begehrtwerden in einem versteckten, dreckigen Winkel der Fabrik machte die Verstörung am Fließband oder Schreibtisch erträglich. Und die Folgen: ich kenne kein anderes Land, in dem das Intime so durchgängig mit Lüge, Täuschung, Heuchelei, mit dem Zerfleischen ihrer eigenen Substanz so vermengt war. Kein anderes Land mit so viel Gewalt in der Familie, so vielen Scheidungen und auf der Strecke gebliebenen Kindern. Mit strapazierten Nerven ist das »Herzglück« nicht zu machen.

Da bliebe als »Inselglück« noch die Insel als Landschaft, sich mit der Landschaft im Einklang fühlen können. Aus eigener Erfahrung weiß ich jedoch, daß die Landschaft sich aus dem Staat nicht heraushalten läßt. Sie wurde zur übergangslosen Schönheit, die kaputten Nerven waren ihr nicht gewachsen. Die Landschaft zeigte, wie egal es ihr ist, was mit den Menschen geschieht. Sie war ein Waffenstillstand, eine vom Treiben der Tage abgewandte Stille, eine grüngezahnte Ahnungslosigkeit, die sich selber genügt. Die Überrumpelung durch Schönheit ist in der Überdrehung der Nerven nicht auszuhalten. Landschaft wird zur flirrenden Inszenierung der Existenz, zum Panorama der Ängste, Verdoppelung der geraubten Selbstverständlichkeit. Wenn man auf dem Asphalt keinen Ausweg hat, empfindet man Landschaft als arrogantes Material, diese zeitliche Überlegenheit: uralte Steine, das ewiglich Fließende des Wassers, die unzählbare Wiederkehr des Laubs und der Gräser. Sie alle sind gedächtnisfrei, unbekümmert über das, was gestern war und morgen kommt. Das schöne Wort »Blattnerv« ist eben kein Menschennerv, die »Blattader« keine Schläfen- oder Halsader. Wenn man aufs »Inselglück« aus ist, darf man sowas nicht denken.

Für das »Inselglück« braucht man Vertrauen in die Insel. Wenn man intakt daherkommt, bleibt die Insel in ihrem Rahmen, sie hält still und läßt sich bestaunen. Wenn man chronisch verstört daherkommt, greift die Insel zu, man wird seziert ohne ästhetische Betäubung. Man muß die Insel abwehren. Sie projiziert sich so rücksichtslos in den Körper hinein, daß man noch mehr zerrissen wird. Sie verinselt einen. Im Schlagabtausch mit der Insel zieht man immer den kürzeren.

Es gibt im Westen eine sehr beliebte, alle paar Jahre wiederkehrende Umfrage an Schriftsteller, um herauszufinden, welche Bücher anderer Autoren ihnen die wichtigsten sind. Der Satz dieser Umfrage lautet: »Welche Bücher würden Sie mitnehmen, wenn Sie allein auf eine Insel müßten?« Für mich ist die Frage erschreckend naiv. Wenn ich auf eine Insel MÜSSTE, hätte ich keine Wahl, ich dürfte kein einziges Buch, das mir lieb ist, mitnehmen, weil jedes dieser Bücher von vornherein verboten wäre. Ja ich MÜSSTE vielleicht sogar auf die Insel, weil ich diese Bücher mag und ihren Inhalt nicht für mich behalten habe. Ich müßte als Strafe für diese Bücher auf die Insel. Wenn ich aber nicht auf die Insel MÜSSTE, sondern hinkäme, weil ich es WOLLTE, könnte ich sie jederzeit wieder verlassen, kommen und gehen nach Belieben und immer andere Bücher mitnehmen. Oder auf der Insel bleiben und mir die Bücher schicken lassen. Wenn westliche Intellektuelle von »Insel« reden, riechen sie das Parfüm der exemplarischen Freiheit. Eine Insel, auf der das Regelwerk von Gesetz und Verpflichtung aufgehoben ist. Noch ein gutes Buch dazu lesen, und schon ist man am Höhepunkt der Selbstbehauptung. Und selbstverständlich hat man nicht bloß die guten Bücher mitgenommen auf die Insel, sondern so nebenbei auch gute Kleidung, gute Kosmetika, gutes Essen, eine gute Gesundheit, aber prophylaktisch auch gute Medikamente.

Wozu brauchen westliche Zeitschriftenmacher, deren Leben nie von Repression durchkreuzt wurde, das gedankenlos subversive Prickeln, um eine Umfrage attraktiv zu machen. Natürlich wissen sie Bescheid: es gab Inseln für Pest- und Leprakranke, es gab und gibt Gefängnisinseln. Auch Nelson Mandela war auf einer Insel gefangen, der PKK-Chef Öcalan ist Alleinbewohner einer Gefängnisinsel. Herrschende haben das Wasser als leicht zu bewachenden, zur Isolation tauglichen Gürtel immer schon in

Dienst genommen. Dennoch steckt für westliche Intellektuelle das »Auf-die-Insel-Müssen« voller persönlicher Freiheiten. Sie werden weder von dem Wort INSEL noch von MÜSSEN irritiert. Sie fragen nach freier Entscheidung mit einem Satz, in dem die Unfreiheit vorausgesetzt ist. Sie haben den Kopf voller Bücher, keines hat ihnen auch nur ein Detail der Unfreiheit begreiflich gemacht.

Bei uns in Deutschland

Gleich in den ersten Tagen nach meiner Ankunft aus Rumänien war ich zum Abendessen eingeladen. Der Gastgeber hatte, als ich in die Küche kam, Lammfleisch in der Backröhre. Ich sah zum ersten Mal eine beleuchtete Backröhre mit Glasscheibe. Ich konnte die Augen nicht mehr wegdrehen, das Licht stellte das Fleisch zur Schau. Die Hitzebläschen krochen hin und her, atmeten und platzten. Ich sah dieses braun glänzende Fleisch wie im Farbfernseher einen Landschaftsfilm: dunstige Sonne, und das Lammgestein bewohnten glasige Tiere. Der Gastgeber öffnete die Glastür und sagte, während er die Fleischstücke umdrehte: »Aus Rumänien kommt doch auch Canetti her.« Ich sagte: »Der kommt aus Bulgarien.« Er sagte: »Ach so, die Länder bring ich immer durcheinander, aber die Hauptstädte kenne ich, Bulgarien mit Sofia – Rumänien mit Budapest.« Ich sagte: »Budapest ist für Ungarn, für Rumänien ist es Bukarest.« Wie er das Fleisch mit den Gabelzinken drehte, sah in meinem Film so aus, als würde ein Flußkrebs die Landschaft umräumen. Und mir schien, es war ihm die Verwechslung im Kopf nur passiert, weil er die Fleischstücke in der Pfanne durcheinander brachte. Er schloß die Glastür und sagte: »Hoffentlich schmeckt es dir, hast du schon mal Lamm gegessen?« »In Rumänien wird viel Lamm gegessen«, versicherte ich, »das rumänische Nibelungenlied, das Nationalepos handelt von Schafen und Hirten.« »Ist ja lustig«, sagte er. Und ich korrigierte: »Es ist nicht lustig, es geht um Betrug und völlige Verlassenheit in der Angst, um Schmerz und Tod.«

Deutsch ist meine Muttersprache. Ich verstand von Anfang an in Deutschland jedes Wort. Alles durch und durch bekannte Wörter, und doch war die Aussage vieler Sätze zwiespältig. Ich konnte die Situation nicht einschätzen, die Absicht, in der sie gesprochen wurden. Ich ging den flapsigen Bemerkungen wie »Ist ja lustig« nach, ich verstand sie als Nachsätze. Ich begriff nicht, daß sie sich als beiläufiges Seufzen verstanden, nichts Inhaltliches meinten, sondern bloß: »Ach so« oder »Tja«. Ich nahm sie als volle Sätze, dachte, »lustig« bleibt das Gegenteil von »traurig«. In jedem gesagten Wort, glaubte ich, muß eine Aussage sein, sonst wäre es nicht gesagt worden. Ich kannte das Reden und das Schweigen, das Zwischenspiel von gesprochenem Schweigen ohne Inhalt kannte ich nicht.

Zweimal kaufte ich Blumen im selben Laden. Die Verkäuferin, eine Frau um die Fünfzig, behielt mich vom einen zum anderen Mal im Gedächtnis. Da suchte sie mir zur Belohnung für meine Wiederkehr die schönsten Löwenmäulchen aus dem Eimer, zögerte ein wenig und fragte: »Was für eine Landsmännin sind Sie, sind Sie Französin?« Weil ich das Wort »Landsmännin« nicht mag, zögerte ich auch, und es hing ein Schweigen zwischen uns, bevor ich sagte: »Nein, ich komme aus Rumänien.« Sie sagte: »Na, macht ja nichts«, lächelte, als hätte sie plötzlich Zahnschmerzen. Es klang gütig, wie: kann ja passieren, ist 177 ja nur ein kleiner Fehler. Und sie hob den Blick nicht mehr, sah nur noch auf den eingepackten Strauß. Es war ihr peinlich, sie hatte mich nämlich überschätzt. Schon als ich »Löwenmäulchen« verlangte, mußte ich mir denken: »In meinem mitgebrachten Deutsch, in Rumänien heißen diese Blumen »Froschgöschl«, in der Dorfsprache von zu Hause ganz direkt »Quaken«, also nur das Gesinge, welches die Frösche von sich geben. Der Unterschied zwischen Löwen und Fröschen könnte größer nicht sein, der Vergleich beider Tiere ist abwegig. Das deutschlanddeutsche Löwenmäulchen ist ein grotesk überschätztes Froschmaul oder Froschquaken. Genauso wurde ich ein paar Minuten später überschätzt.

Wie oft habe ich in Deutschland beantworten müssen, woher ich komme. Im Zeitungsladen, bei der Änderungsschneiderin, beim Schuster oder Bäcker, in der Apotheke. Ich komme herein, grüße, sage, was ich haben will, die Verkäufer bedienen mich, sagen den Preis – und dann nach einem leeren Schluck Atem: »Woher kommen Sie?« Zwischen dem Geld aufs Pult legen und Rückgeld einstecken sage ich: »Aus Rumänien.« Weil über den Schuh oder das Kleid ein bißchen geredet werden muß, über das, was geht und was nicht geht, bis das handwerkliche Vorhaben also geklärt ist, habe ich mehrere ganze Sätze am Stück gesagt. Ich werde mit dem Satz verabschiedet: »Sie sprechen aber schon ziemlich gut Deutsch.« Ich möchte das nicht stehenlassen und kann ihm nichts hinzufügen. Mir klopft das Herz durch die Ohren, ich will so unauffällig und schnell auf die Straße hinaus, daß ich an der Tür das Verkehrte tu und auffalle: Wenn man drücken muß, ziehe ich, wenn man ziehen muß, drücke ich. Ich will unsicht-

178

bar verschwinden und bin der Trottel des Tages. Denn an der Tür der Schneiderei und Schusterei hängt auch noch ein Glöckchen, das meinen inneren Zustand vertont. Mein Herzklopfen singt in der ganzen Werkstatt, bevor ich endlich draußen bin. Es ist ein Herrschaftsglöckchen. Oft sind auch noch andere Kunden dabei, die den Kopf ein wenig schief halten und schauen.

Gleich danach stelle ich mir beim Gehen auf der Straße vor, wie es wäre, wenn alle Kunden vor und nach mir sagen müßten, woher sie kommen. Ich gehe Ortsnamen durch und suche Reime: »Guten Tag, ich möchte Hustensirup und komme aus Lurup. Guten Tag, ich möchte Aspirin und komme aus Wien. Guten Tag, ich möchte zwei Flaschen Wein und komme aus Unterschleißheim. Ich möchte Rasierklingen und bin aus Bilfingen.« Oder beim Abschied: »Auf Wiedersehn, ich bin aus Mörfelden und werd mich wieder melden.« Ich bringe mich zum Lachen und weiß, ich lach erstens zu spät und zweitens auf eigene Kosten, weil dieses Reimgefecht niemandem schadet und mir beim nächsten Mal nichts nützt. Ich mach mir Musik gegen das Glöckchen an der Tür, aber keine dicke Haut. Und die bräuchte ich, wie die Schuhe neue Sohlen.

Wie viele Sätze fangen seit nun zwölf Jahren mit den Worten an: »Bei uns in Deutschland . . .« Ich möchte am liebsten in die Defensive gehen, reiße mich dann zusammen und sage: »Ich bin doch auch hier bei Ihnen.« Nach ungläubigem, vergrößertem Blick wiederholt man mir dann in scheinbarer Zurücknahme: »Aber hier in Deutschland sagt man nicht Bretzel, sondern Breezel. Das erste E dehnen, das zweite E schlucken, verstehen Sie. Ist ja nicht so wichtig, aber jetzt wissen Sie es.« Dann ein Lächeln, bei 179

dem ich denke, es bedeutet : »Nichts für ungut.« Gleich
darauf kommt im Frageton jedoch der Satz: »Alles klar?«
Ich nicke und übertreffe die Erwartungen, indem ich sage:
»Laugenbrezel.« Und der Verkäufer sagt: »Toll.« Er lächelt
noch von vorher, als der nächste Kunde ein Junggesellen-
brot verlangt. Ich fahr schon auf der Rolltreppe, das Wort
»toll« schleicht mir durch den Kopf. Ich kenne nur ganz
andere Bedeutungen von »toll«: Tollwut, Tollkirsche, Toll-
haus, Atoll, tollkühn. Und nach »toll« klingt es auch in To-
leranz und sogar in Ajatollah. Jedes dieser Wörter fast so
lang wie »Laugenbrezel.« Hätte ich sie dem Verkäufer auf-
sagen sollen? Oder die Brotwerbung aus der U-Bahn:
»Beim Ja-Wort schweigt die junge Braut/ Weil sie noch
rasch ein Paech-Brot kaut.« Hätte ich dem Verkäufer sagen
sollen, wie gut mir das Wort »Paech-Brot« gefällt. Daß
Paech-Brot für mich in kürzester Fassung alles ausdrückt,
was man Leuten in Diktaturen antut. Daß man mir beim
Verhör der Geheimdienstler oft sagte, ich solle nicht vergessen, daß ich rumänisches Brot esse. Ich hatte damals wahrlich keine Ahnung, wie man die Quälerei, mit der er mich
traktierte, mit einem einzigen Wort bezeichnen könnte.
Erst die Brotwerbung in der Berliner U-Bahn verriet mir
Pech-Brot als das richtige Wort für die Zerrüttung der
Nerven. Ich staunte, der Satz: »Ich habe mein Pech-Brot
gegessen« ist so verblüffend klar wie Sempruns Satz: »Heimat ist das, was gesprochen wird.« Der Satz ist so tauglich
für die Beschreibung von Diktatur, daß man sogar sagen
könnte: »Weil Semprun sein Pech-Brot gegessen hat, weiß
er, daß nicht Sprache Heimat ist, sondern das, was gesprochen wird.«

180   Was wird gesprochen, wenn ich meine Nachbarin unten

am Briefkasten treffe und sie beim gemeinsamen Treppensteigen erzählt, daß sie sich keine Nacht ausruhen kann,
weil ihr dreijähriges Kind zwischen zwei und drei Uhr mit
einem Stofflamm an ihr Bett kommt und spielen will. »Das
ist echt Terror«, meint sie, »der rumänische Geheimdienst
hätte sich nichts Schlimmeres ausdenken können.« Sie ist
von Beruf Historikerin. Soll ich ihr sagen, daß der rumänische Geheimdienst nicht mit Stoffpuppen mit mir spielen
wollte.

All diese Beispiele passieren fortwährend, sie sind Alltag.
Auch in der Politik und im Literaturbetrieb. Auch Herr
Rüttgers hat seinen Reim. Er heißt: »Kinder statt Inder.«
Es ist ein Reim auf Herrn Schröder. Denn Herr Schröder
will die Inder schnell hier- und in drei oder fünf Jahren
schnell weghaben. Ein Mietwagen wird ja auch geliehen,
bezahlt und nach gewisser Zeit zurückgegeben, wenn man
sein eigenes, neues Auto hat. Aus deutscher Sicht muß
sich jeder Inder geadelt fühlen, wenn Deutschland ihn
braucht. Ein Inder wird, durch seinen Deutschlandaufent-
halt veredelt, nach drei Jahren heimreisen und allerhand
erlebt haben: Anerkennung im Büro, Erklärungen im Laden, wenn er »bei uns in Deutschland« die beiden E in der
»Brezel« nicht richtig ausspricht. Und vielleicht sogar das
Herzklopfen zu späten Stunden in den Unterführungen
und Straßenbahnen der Städte sowie an taghellen Tank-
stellen dazwischen, in Bergen, an Seen und überall sonst,
wo ein Inder für deutsche Glatzköpfe zum Freiwild werden kann.

Herr Rüttgers reimt gegen Herrn Schröders Lockruf
nach Arbeitsgästen, obwohl der Herr Schröder genau sagt,
wann das Gästebett hochgeklappt wird. Aber Herr Rütt- 181

gers weiß: Wir haben ein warnendes Beispiel in Deutschland. Gastarbeiter haben es an sich, daß sie auch außerhalb der Dienstzeiten, wenn man gut auf sie verzichten könnte, vorhanden sind. Wir rufen sie zum Arbeiten, und zwischendurch leben sie. Und sie beschäftigen sich dann mit dauerhaften Angelegenheiten, gründen Haushalte und Familien, bleiben und zeugen Kinder. Und diese sind dann wieder Inder, wenn nicht ganze, dann halbe. Es dauert länger als ein Leben, es braucht mehrere Generationen, bis sie die beiden Brezel-E richtig aussprechen, das erste lang dehnen und das zweite unhörbar schlucken. Die Türken haben es uns vorgemacht. Und Deutschland ist trotz ständiger Integrationsgebete seiner Politiker bis heute nicht bereit, eine türkische Minderheit im Land anzuerkennen. Die Türken heißen seit Jahr und Tag Ausländer. Und im gnädigeren Deutsch, das sich vor Höflichkeit auf die Zunge beißt, heißen sie: »Mitbürger«. Das klingt nach gezähmtem Unwillen über die räumliche Zugehörigkeit. Die Wortanatomie von »Mitbürger« kenne ich von früher. Der rumänische Staat nannte die ungarische, deutsche, serbische Minderheit, die seit hunderten Jahren und in manchen Gebieten lange vor den Rumänen lebten, »mitwohnende Nationalitäten«. Wie alle außer den Rumänen war und blieb auch ich zur deutschen Minderheit gehörend, trotz der dreihundert Jahre seit der Ansiedlung meiner Familie ein in der Heimat der Rumänen geborener Gast. Daß mich der Geheimdienstler beim Verhör daran erinnerte, daß ich rumänisches Brot esse, war zynisch. Denn meine Familie hatte viele Felder, mein Großvater war Getreidehändler und wurde enteignet von dem Staat, in dessen Namen mich der Geheimdienstler verhörte. Ich aß also rumänisches Brot, weil meine Familie per staatlichem Gesetz ausgeraubt wurde, um als »Mitwohnende« zum Spielball rumänischer Gastfreundschaft zu werden. Nach dreihundert Jahren immer noch Gast sein, man muß es Rumänien zugestehen, das ist eine Leistung. Könnte sein, daß Deutschland auch ohne sozialistische Schikanen mit den Türken diese Leistung schafft.

Am Beispiel der Türken in Deutschland könnte man bezüglich der Inder heute schon sagen: Das beste für Deutschland wären virtuelle Inder, das Wort ist doch heutzutage so modern. Vielleicht könnte eine japanische Spielzeugfirma Tamagotschi-Inder herstellen und liefern in einem großen Karton. Auf der Gebrauchsanleitung würde stehen: Sie sind außerhalb ihrer Arbeit nicht vorhanden und nach Dienstschluß zu füttern und in kühlen Schubladen aufzubewahren. Sie warten ungeduldig auf den nächsten Arbeitstag. Es ist kein Familienleben zu befürchten.

Deutschland arbeitet seit 1945 und seit der Wiedervereinigung noch angestrengter an seiner »Normalität«. Diese sucht sich zum einen im Umgang der »Nachgeborenen« mit dem Desaster des Nationalsozialismus, also in dem Bereich, wo die einzige Normalität darin besteht, daß sie nie eine wird. Und zum anderen sucht sie sich im Wunsch, daß Ost- und Westdeutsche gleich werden. Schnelle Normalität, damit über die Folgen sozialistischer Diktatur nicht gesprochen werden muß. Ostdeutschland bleibt aber anders, die Spur vierzigjähriger Bevormundung wird nicht weg sein, wenn die letzte Dorfstraße neu asphaltiert ist. Normal werden könnte statt dessen, daß hiesige Deutsche den Hinzugekommenen mit anderem Akzent nicht immerzu sagen: »Bei uns in Deutschland.« Es könnte normal werden, daß dieser fremde Akzent beim Aspirinkaufen nicht sagen muß, woher er kommt, daß der Akzent beim Brezelkaufen nicht das gedehnte und geschluckte E üben muß. Wie alle Politiker redet auch Herr Rüttgers außerhalb seines Reims von der Integration der Ausländer. Um seine Absicht zu unterstützen, bin ich versucht, ihm einen Vorschlag zu machen: Ein Integrationsprogramm aus einem einzigen Satz, der lautet: »Die Integration des fremden Akzents in die deutsche Brezel.« Das Programm wäre konkret. Ich kenne ziemlich viele Leute, die Herrn Rüttgers zum ersten Mal glauben würden, daß er, was er sagt, auch zu tun beabsichtigt.

Auch der Literaturbetrieb bemüht sich um Normalität. Einige Literaturkritiker wünschen sich den gesamtdeutschen Roman, in dem, auf den Punkt gebracht, das große Ganze drinsteht, nicht wie bisher das kleine Randständige. Sie pochen auf Gegenwart. Im Falle deutscher Themen ist die Gegenwart zum Glück elastisch, dehnt sich Jahrzehnte zurück. Keinem Roman, der weit zurückliegende deutsche Belange thematisiert, sei es Nachkriegszeit, Wirtschaftswunder oder 68er Jahre, wird von der Literaturkritik der Vorwurf des längst Vergangenen gemacht, denn er garantiert zwei Zusammengehörigkeiten, die schon damals vorhandene, an die man heute beim Lesen wieder neu und gern angebunden wird. Kommt man jedoch, wie ich, aus einem anderen Land und schreibt auf deutsch nicht über dieses, sondern über das andere Land, dann gilt der Literaturkritik das zwölf Jahre Zurückliegende schon seit zehn Jahren als Vergangenheit. Ich erlebe es bei jedem Buch: deutsche Literaturkritiker formulieren

zwar etwas komplizierter als die deutschen Brezel- oder

Aspirinverkäufer, aber ihre Wünsche gehen in dieselbe Richtung. Auch sie wollen endlich den hiesigen Akzent in meinen Büchern sehen. Sie raten mir, mit der Vergangenheit aufzuhören und endlich über Deutschland zu schreiben. Wie die meisten Leute in diesem Land, meinen auch sie, man müsse sich nur gründlich genug mit der Gegenwart befassen, um die Vergangenheit zu löschen, sich das deutsche Brot beim Essen ansehen, um das Pech-Brot zu vergessen. Ich hätte wahrlich nichts dagegen, wenn das Rezept glücken würde. Aber es glückt nicht. Nach meiner Erfahrung ist es umgekehrt. Je mehr Augen ich für Deutschland habe, um so mehr verknüpft sich das Jetzige mit der Vergangenheit. Ich habe keine Wahl, ich bin am Schreibtisch nicht im Schuhladen. Manchmal möchte ich laut fragen: Schon mal was gehört von Beschädigung? Von Rumänien bin ich längst losgekommen. Aber nicht losgekommen von der gesteuerten Verwahrlosung der Menschen in der Diktatur, von ihren Hinterlassenschaften aller Art, die alle naselang aufblitzen. Auch wenn die Ostdeutschen dazu nichts mehr sagen und die Westdeutschen darüber nichts mehr hören wollen, läßt mich dieses Thema nicht in Ruhe. Ich muß mich im Schreiben dort aufhalten, wo ich innerlich am meisten verletzt bin, sonst müßte ich doch gar nicht schreiben. Außerdem fühle ich mich da ganz im Einklang mit der deutschen Brotwerbung: »Beim Ja-Wort schweigt die junge Braut/ Weil sie noch rasch ein Pech-Brot kaut.«

PS: Pech-Brot ist in der Brotwerbung mit »ae« geschrieben, aber wie die Blumenverkäuferin schon sagte: »Das macht ja nichts.«

Wenn etwas in der Luft liegt, ist es meist nichts Gutes

Wenn etwas in der Luft liegt, ist es meist nichts Gutes. Es ist Angst im Spiel bei dieser Redewendung, es riecht nach Gefahr. Man redet vom eigenen Empfinden, wenn man sagt, es liege etwas in der Luft. Was im Schädel kreist, liegt plötzlich draußen, übergroß, daß man nirgends hin kann, wo es nicht ist. Es sind die eigenen Ahnungen, für die man das Bild mit der Luft benötigt. Man spricht von sich selber, ohne sich erwähnen zu müssen.

In der Luft kann nichts liegen, höchstens Luft. Und wenn sie sich bewegt, ist diese Luft der Wind. Er steigt in die Umgebung, die auf seinem Weg liegt. Und nur weil sich die Dinge in der Umgebung bewegen, sieht man, daß der Wind sie in Besitz genommen hat. Den Wind selber sieht man nicht, sondern das Schlagen oder Fliegen der Dinge, die er anfaßt. Sie werden stumm oder lauthals WINDIG. Zu Menschen, die verschlagen sind, sagt man auch, sie seien WINDIG. Hier schließt sich ein Kreis: Wenn etwas in der Luft liegt, hat das mit Gefahr zu tun, die von Menschen ausgeht.

Es war und bleibt für mich ein Unterschied, ob man vom Himmel redet, zum Himmel den Plural setzt und bereits im Poetischen ist, »die Himmel« hat – oder ob man von der Angst redet, die einem von anderen Menschen gemacht wird. Man müßte auch Angst in den Plural setzen und von den ÄNGSTEN reden. Denn die Angst wegen täglicher Repression mit stets neu ausgedachten offenen oder hinterhältigen Methoden besetzt die Stunden der Tage, die Wochen der Monate und die Zeit der Jahre. Sie besetzt das Ticken der Uhr genauso wie den Taglärm und die Nachtstille der Straßen. Vielleicht müßte man die Angst in zwei ganz verschiedene Arten einteilen: In die KURZE, unerwartete Angst, die spurlos weggeht, wenn ihre Ursache verschwunden ist. Und in die LANGE, einem durch und durch bekannte Angst, bei der einen nur die täglich neuen, unerwarteten Mittel überraschen, mit denen sie verursacht wird. Im Falle von politischer Verfolgung ist es die lange Angst, sie gehört zu einem selbst, fertig eingeschlichen in alle Augenblicke, lasziv gestreckt begleitet sie alles, was man denken kann. Diese LANGE Angst, eine Grundangst , besteht aus vielen Ängsten, die eins gemeinsam haben: die Quelle, die sie erzeugt, die immergleichen windigen Gestalten, die durch ihr ausgeklügeltes Handwerk präzise daran arbeiten, daß die lange Angst keine Lücken kriegt, daß sie größer wird als man selbst, daß man ihr gehört, nicht mehr jemand sein kann, der Angst hat, sondern jemand geworden ist, den sich die Angst genommen hat.

Daß die Sprache beim Plural von Angst zu ÄNGSTEN nicht ins Flirren kommt, ist für mich ein Beweis, daß die Sprache nicht alles mit sich machen läßt. Anders als »die Himmel« sind »die Ängste« eben nicht poetisch. Sie sind dumpf, sie öffnen nichts, sie schließen die Sicht, das Äußere wird zum Erstarren kalt, das Innere wuselt, reibt sich manisch an sich selber auf und wird zum Verbrennen heiß. Ich kenne die Ängste von mir und von anderen aus dem Rumänien Ceauşescus. »Bereitet«, und das im engsten Sinne des Wortes (d.h. auf dem Papier geplant, zu Aufträgen formuliert und von dem dafür eigens angestellten Staatspersonal in Tatsachen verwandelt), wurden sie mir von »windigen« Menschen. Vielleicht ist die lange Angst wie Luft, unsichtbar gedehnt und überall verteilt. Ich wurde zum »Angstbeißer«, ich weiß nicht mehr, wo ich dies treffende Wort vor Jahren gelesen habe. In der Entsprechung dazu waren die Windigen »Angstmacher.« Sie haben ordentlich gearbeitet und wurden dafür ordentlich bezahlt.

Ich weiß, viele von den Windigen gerieren sich heute in ziviler Unschuld. Glück für mich, aber auch für sie selber, weil sie nicht durch persönliche Einsicht ziviler geworden sind, sondern zivilere Zeiten gekommen sind, obwohl sie diese verhindern wollten. Nun erhalten sie zivilere Aufträge. Aber die Angstmacher waren und bleiben für sich selber diffus, sie sammeln sich nur für den Zweck, für den sie in die Pflicht genommen werden. Wenn der Zweck humaner wird, werden sie nicht skrupulöser, sie werden aber weniger gefährlich: Geheimdienstler, Polizisten, Militärs, Gefängnisangestellte, Anwälte, Ärzte, Journalisten Lehrer und Professoren, Pfarrer, Ingenieure, Postbeamte. Ich könnte die Aufzählung fortsetzen, bei den Hausfrauen und Rentnern angekommen, wäre ich immer noch im Rahmen, also quer durch die Ränge bei den Windigen, die in einer Bandbreite von Richtmikrophonen und inszenierten Verkehrsunfällen bis hin zur gefälschten, engen Freundschaft an der Angst der anderen gearbeitet haben.

Heute warten sie in Rumänien wie in allen abgekühlten Diktaturen Osteuropas auf den Einlaß in den »kapitalistischen Sumpf« – wie sie Westeuropa gehässig und neidisch bis zum Sturz der Diktaturen nannten. Europa, das nun ihr Gewinn werden soll, war für sie erst einmal ein innerer Zusammenbruch durch den Verlust ihrer Macht. Sie haben sich aufgerappelt und vorgenommen, alles zu tun, was ihnen der Auftrag mit dem Namen »Europa« abverlangt. Sie funktionieren wieder, wie ein Zug, den man auf eine andere Schiene stellt. Sie halten die Zeit für gekommen, endlich bei sich zu Hause so gut zu leben wie ihre Feinde im »kapitalistischen Sumpf« seit Jahrzehnten. Und wie ihre Staatsfeinde, die sie ins Gefängnis gesteckt oder mit zerbrochenen Nerven aus dem Land geekelt oder gejagt haben.

Daß die Angstmacher und ich heute gleich sind, sehen die meisten von ihnen in bezug auf mich als Niederlage. Und den Einlaß nach Europa als materielle Kompensation für diese Niederlage. So zerrissen wie sie bin auch ich: Mir ist es einerseits nicht geheuer, daß sie auf einmal selber beanspruchen, was sie Jahrzehnte kriminalisiert und drastisch verboten haben mit dem ganzen Register der Drohungen, Hausdurchsuchungen, Verhöre, Zwangspsychiatrie, Erschießen auf der Flucht, Haft, Folter, Mord. Sicher packt mich die Wut, weil sie meine Freunde zum Teil durch Erpressung für immer von mir entfernt, andere gar unter die Erde gebracht, mich selber zu ihrem Freiwild gemacht und dann aus dem Land getrieben haben. Sicher frage ich mich noch heute, wieso sind sie nie vor sich erschrocken, wußten sie doch, daß sie Tausende ruinieren, die in dem Land genauso zu Hause sind wie sie selber. Und mit wel-   189 chem Recht haben sie andere Tausende ins Exil gezwungen, wußten sie doch, daß auch denen das Land unter den Füßen genauso gehört wie ihnen selbst. Und daß sie die Hinausgesperrten für immer los sind, denn man kann aus dem Exil nie wiederkehren, wie man gegangen ist. Andererseits beruhigt mich der Wunsch der Angstmacher, nun in ihrem durchs Verbrechen verschandelten Zuhause so leben zu wollen wie ihre Feinde von gestern. Denn was sie jetzt anstreben, verbietet ihnen für alle Zeit, an meiner Angst zu arbeiten. Als ich zum Auswandern in einen Nachtzug stieg, sagte mir ein Polizist auf den Zugtreppen: »Wir kriegen dich, wo immer du bist.« Ich habe, in Deutschland angekommen, noch drei Jahre mit Todesdrohungen durch anonyme Anrufe und Briefe gelebt. Ihre Schlinge war mir nachgereist, dagegen war nichts zu machen. Die Skepsis habe ich noch nicht verloren, lediglich die Angst vor ihnen. Damit habe ich, nachdem die Schlinge mir ins Exil gefolgt war, nicht mehr gerechnet. Der Verlust der Angst ist für mich ein Gewinn, der größte, seit ich denken kann.

Seit ich denken kann, hing in meinem Elternhaus in einem Durchgangszimmer an der Wand ein monströser Schlüssel. Er war aus schwarzlackiertem Holz mit Goldrändern. Er ging mir, als ich laufen lernte, von den Zehen bis zum Hals – und hieß HIMMELSCHLÜSSEL. Nicht seine Form, aber der Schimmer seines Materials hatte etwas von einem Sarg oder einem Altar in Schlüsselform. Wenn man am Himmelschlüssel vorbeiging, lauerte er. Ich sah den Schwarzlack mit seinem Goldrand hinter mir her schielen und überlegen, ob er mich nun schnappen und in den Himmel schicken soll oder nicht. Im Himmel waren alle
Toten, die Vermißten und Kriegsgefallenen und jene, die

der Herrgott aussiebte fürs Sterben, und jene, die sich selbst aussiebten durch Suizid. Jeder kannte jeden im Dorf. Wegen dieser unvermeidlichen, aus zu engen Quadratmetern und nicht aus Zuneigung bestehenden Intimität hatten die Todesursachen wenig mit den Krankheiten zu tun, die der Arzt konstatierte. Die Todesursachen wurden dem Regelwerk von Gut und Böse, Tugend und Schande unterworfen. Der Aberglaube kam dazu, und es wuchs ein Gestrüpp von »Argumenten«, die zeigten, daß jeder Gestorbene seinen Tod verdient hatte. Es stellte sich heraus, daß der Tote den Herrgott derart provoziert hatte, daß dieser endlich handeln und ihn aus dem Leben in den Tod kippen mußte. Der katholische Herrgott verwandelte alle Fehltritte in Krankheiten. Er war der Kronzeuge und ein Dörfler, genauso war er wie die, die sich auf ihn beriefen. Im Himmel des Kaffs wohnend, teilte er ihre Lebensmuster. Eine Art Dorfältester, der den Bewohnern seine Autorität auslieh, um guten Gewissens zu loben oder zu strafen. Für Lüge, Diebstahl, Neid, Fremdgehen verteilte dieser Dorfgott Nierensteine, Asthma, Leistenbrüche, grünen Star, Hirnschlag oder Krebs.

Da wir im Durchgangszimmer den Himmelschlüssel hängen hatten, war Unachtsamkeit nicht nur im Beisein anderer riskant, sondern auch zu Hause mit sich allein. »Schau nicht so oft in den Spiegel«, sagte meine Großmutter, »sei nicht stolz, dort hängt der Himmelschlüssel.« Sie mußte recht haben, denn alle Spiegel im Haus waren fleckig, nußgroße Wolken schwammen schon in ihnen. In den Spiegel kam der Himmel das Gesicht fressen, wenn ich mich ansah. Ich ließ ihn ins Haar, über die Wangen, an die Nase und den Hals. War jedoch ständig auf der Hut, daß er die Augen und den Mund nicht streifen kann. Was meine Mutter sagte, war verzwickter: »Du hast den Fußboden nicht naß, dann feucht, dann trocken gewischt, wie ich's gesagt hab. Er ist voller Streifen, du hast nur feucht gewischt, du hast geschlampt, damit du rascher fertig bist. Glaubst du, das sieht man nicht, denkst du nicht an den Himmelschlüssel?« Sicher dachte ich, gerade wenn ich schluderte, an ihn. Aber geschlampt habe ich trotzdem, weil ich glaubte, man kann dem Herrgott sowieso nicht alles recht machen, sonst würde man nicht sterben. Und wenn einem sowieso allerlei Fahrlässigkeiten unterlaufen, kann man sich auch noch ein paar zusätzlich aufbuckeln. Der Herrgott sieht auch, wenn ich gründlich putze. Und weil er siebt, muß ich bis dahin wenigstens Zeit herausschlagen zum Spielen.

Ich war überzeugt, daß der Himmelschlüssel reden kann. Daß er die Fehler des Tages abends meldet, wenn die Luft in der Gegend so schwarz wird wie er. Daß er, wenn der Himmel schwarz auf die Erde kommt, mit den Erwachsenen kungelt, weil es ihr Dorf ist. Alles, vom Staub der Straßen bis hinauf zu den Baumspitzen, gehört ihnen, dachte ich. Die Häuser und Tiere, Brunnen, der Bahnhof, das Wirtshaus und der Tanzplatz, die Kirche und der Friedhof. Und vor allem gehören ihnen die Kinder. Zu wissen, ich habe Eltern, bedeutete, ich gehöre ihnen (vielleicht so, wie ich später als Erwachsene der Angst gehörte, die ich hatte). Ich habe nie versucht, den Himmelschlüssel auf meine Seite zu ziehen. Zweimal in all den Jahren habe ich den Stuhl an die Wand gestellt, bin drauf gestiegen und mit den Fingern über den Schlüssel gefahren. Ich wollte prüfen, ob er unterm Lack wirklich nur aus Holz ist. Mir klopften Schläfen, Puls und Herzschlag bis in die Zehen. Im Zimmer pochte eine Stille, der Schlüssel fühlte sich an wie die Haut kleiner Hunde, denen das Herz im Bauch schlägt, wenn man sie aus dem Nest in die Luft hebt. Die Prüfung bestätigte meine Befürchtung, der Schlüssel lebte.

Als ich in die Stadt aufs Gymnasium ging, das Durchgangszimmer nicht mehr im Nacken hatte, die Eltern am Wochenende wie eine Zugereiste besuchte, als sie mich beäugten, weil ich nach anderer Luft roch und ihnen nicht mehr bedingungslos gehörte, da kam mir der Himmelschlüssel wie eine hängende Nippsache vor, billigstes Kunsthandwerk. Ich fragte ganz selbstverständlich, woher der Himmelschlüssel ist. Und es war höchste Zeit, denn es kam heraus, daß er eine gottverdammt läppische Herkunft hatte, eine, die mich angesichts meiner früheren Unterwürfigkeit beschämte. Die Herkunft war eine Demontage seiner dreist inszenierten Besonderheit. Der Himmelschlüssel war das Geschenk einer Wiener Handelskammer an meinen Großvater. Der war bis zum Zweiten Weltkrieg Getreidehändler, machte Geschäfte in Wien. Wofür er ihn bekommen habe, wisse er nicht mehr genau, sagte er. Und als ich fragte, wieso der Himmelschlüssel so wichtig wurde in diesem Haus, wenn er doch gar nicht mehr wisse, wofür er ihn erhalten hat, meinte er: »Das war kein Himmelschlüssel, als ich ihn bekommen habe, das war ein Getreideschlüssel. Ein Himmelschlüssel wurde er, weil der Nachbar nach einer Kartenpartie schwer betrunken beim Nachhausegehen zur Wand sah und sagte: ›Oje, da ist ja der Himmelschlüssel.‹« Ursprünglich war das ein Getreideschlüssel, wahrscheinlich für eine sehr gute Ernte, sagte mein Großvater.

Dieser Schlüssel war nichts Gutes, weil der Himmel nie was Gutes war. Er wurde von seinen Besitzern so besetzt, wie sie dachten. Trotz aller Billigkeit tendierte er zu dieser Rolle. Der Getreideschlüssel ähnelte keinem Getreide, durch die Größe, den Schwarzlack mit Goldrand war er wie zum Überschnappen geschaffen, er taugte zum Himmelschlüssel, zu dem er durch den verrutschten Blick eines Besoffenen geworden war. Er kam mir nun kläglich vor. Seine Herkunft schien mir die dümmste, die es geben kann. Es brauchte eine ganze Weile, bis ich mir eingestehen konnte, daß auch jede andere Herkunft gleich lächerlich gewesen wäre, weil es keinem auch noch so geschniegelten Stück Holz auf der Welt zusteht, Schicksal zu spielen. Mir schien, als lebe dieses ganze Dorf erschreckend unkompliziert, durch Aberglaube und Herrgott nicht nur in einem buckligen Einverständnis mit der eigenen Bedeutungslosigkeit, sondern sogar in einer anbiedernden Komplizenschaft mit dem Boden – in einer eigentlich arroganten Schicksalsunterwürfigkeit, die nicht nur jeden Tod hinnimmt, sondern sogar nach ihm heischt.

Im Dorf sagte man: »Der Himmel läuft.« Er war ja auch jeden Tag anders derselbe. Und ich dachte, er treibt die Toten herum, hält sie auf Trab, wie ein Feldwebel die Rekruten beim Militär. Auch die Toten dürfen ihre Angst vor dem Himmel nicht verlieren, glaubte ich, sie dürfen nicht vergessen, daß sie als Strafe für die Summe aller ihrer Fehltritte im Leben gestorben sind. Sie dürfen es im Himmel nicht besser haben, sonst ist ja der Tod keine größere Strafe mehr als die Arbeit auf störrischen Feldern bei Gluthitze oder Frost.

Die ersten Jahre in der Stadt beschäftigte mich der Himmel nicht, war er doch viel zu zerstückelt und ich froh, den Phantasien eines Kindes entkommen zu sein, das kein einziges Märchenbuch hatte, sich jedoch über den Himmelschlüssel Ersatz dafür verschaffte, einen rücksichtslosen Ersatz, weil er nichts ins Irreale delegieren konnte, nicht von den Unterschieden zwischen dem Wirklichen und Unwirklichen profitierte. Die Märchen, weil sie nie auf dem Papier, sondern nur im Haus standen, waren alltäglich im Leben. Angstbilder rollten durchs ganze Dorf. Dann aber, es waren elf Jahre in der Stadt vergangen, wohnte ich im mittleren der drei sogenannten »Turmblocks«. Im fünften Stock einer Betonschachtel am Stadtrand. Aus den Zimmerfenstern sah man das Stadion, aus dem Küchenfenster das Kreiskrankenhaus, das für die Fenstersprünge der Lebensmüden bekannt war. Und dazwischen kroch das Feld an den letzten Asphaltweg. Und darüber der leere Himmel. Er war grau-orange von den Fabriken. Das Fenster war höher als er, für Augen aus dem Flachland war das verkehrt. Ich sah in den Himmel wie in eine Pfütze. Weil die Wohnung seine Mitte kreuzte, lehnte er direkt am Fenster, er fiel beim Essen in den Teller. Mir wären diese Bilder vielleicht nicht gekommen, wenn die windigen Nachbarn, Bürokollegen, Geheimdienstler nicht an meiner Angst gearbeitet hätten. Es war nicht der Himmel, sondern die Verunsicherung. Im Bauch des Himmels öffnete und schloß ich den Kühlschrank, den Kleiderschrank, wusch und kämmte mich, aß und schlief. Ich fühlte mich zu hoch in der Luft, weil in der Wohnung oft Dinge verändert waren, wenn ich nach Hause kam. Der Geheimdienst kontrollierte in meiner Abwesenheit mein Zuhause, legte ein Bild von der Wand aufs Bett, stellte Stühle um, riß von Plakaten an der Schranktür die Ecken ab, warf Zigarettenkippen ins Klo. Die frühere Angst vor dem Himmelschlüssel kam mir im Turmblock als Einübung ins Spätere vor. Nur konnte ich beim Späteren nie hoffen, daß der Geheimdienst nur ein Getreidedienst ist, der Allmacht spielt. Auch war er nicht aus Holz, hing nicht an der Wand. Festgenagelt war ich.

Die Begriffe »Schlüsselwort, Schlüsselszene, Schlüsselerlebnis«, wenn ich sie hörte, klangen sie verstörend angemessen zu Worten, Szenen, Erlebnissen, die ausschlaggebend sind und Folgen haben. Alle Wörter mit »Schlüssel« hatten nichts Symbolisches, ich und sie wußten, daß sie mit der Überheblichkeit des Himmelschlüssels hantieren. Ich mied diese Ausdrücke. Und staunte, als ich zum ersten Mal das Wort »Schlüsselkind« hörte. Ich war verblüfft und fühlte mich ertappt. In einem ganz anderen Sinn gehörte auch ich mehr dem Schlüssel als er mir. Ich hätte das Wort »Schlüsselkind« im Dorf nötig gehabt und kannte es nicht.

Und bei der Redewendung »unterm freien Himmel« mußte ich im Kopf sofort korrigieren: »unterm offenen Himmel«. Im Dorf wurde vom freien Himmel nie gesprochen. Alle Arbeit war draußen, von befreiend keine Rede, die Arbeit war schwer. Über den Dorfhimmel sagte man praktische Sätze, Feststellungen, die sich aufs Wetter bezogen. Wenn man ihre Worte anhört, sind sie schön, aber nicht gewollt, sondern ahnungslos schön: Der Himmel läuft. Der Himmel dreht sich. Der Himmel zieht sich zusammen. Der Himmel drückt. Der Himmel wühlt sich auf. Der Himmel hat Durst. »Unterm freien Himmel« sagte man nur in der Stadt. Aber frei war er keinen einzigen Tag, er war bloß OFFEN. Ich sage bis heute »unterm offenen Himmel.«

Mitten in einem Verhör sagte der Geheimdienstler mit leiser Stimme zu mir: »Wer sich sauber anzieht, kann nicht dreckig in den Himmel kommen.« Es war Sommer, ich hatte eine neue Bluse an, war besonders sorgfältig geschminkt, wie immer, wenn ich zur Erniedrigung befohlen wurde. Ich wollte gut aussehen. Ich kann heute nur darüber spekulieren, warum das für mich so wichtig war. Damals richtete ich mich automatisch her, stand lange am Spiegel. Vielleicht nahm ich mir einen Vorschuß an Halt, der beim Verhör so schnell weg war, wie gestohlenes Gepäck. Aber hergerichtet beim Verhör zu erscheinen muß ein Trumpf gewesen sein gegen den Ekel vor der Ohnmacht. Ich war sogar stolz, als der Vernehmer das sagte. »Wer sich sauber anzieht, kann nicht dreckig in den Himmel kommen« war die schönste Todesdrohung, die er je formuliert hatte. Denn sie ließ wenigstens etwas an mir gelten, gab wenigstens zu, daß ich trotz der Arbeit an meiner Angst noch intakt genug war, um an meinem Aussehen zu arbeiten. Ich verstand den Satz auf Anhieb in allen seinen nichtgesagten Winkeln. Kannte ich doch Zerbrochene, gewesene Pedanten, die nun ihr Äußeres nicht mehr in den Griff bekamen. Und er, der sie zerbrach, kannte bestimmt unzählige, die nicht mehr die Kraft hatten, sich adrett zu halten, weil sie sich bereits entzogen waren.

Der Bahnhof zum Auswandern war nahe der ungarischen Grenze, ein kleiner Grenzbahnhof. Etwa zwanzig Leute waren wir, warteten in einem schummrigen Hinterraum unter Polizeiaufsicht auf den Zug. Den Warteraum durfte man nicht verlassen, den Bahnsteig erst auf Aufforderung der Polizisten betreten. Nach der letzten Drohung auf der Waggontreppe: Wir kriegen dich, wo immer du bist, saß ich dann wie ein Mantel ohne Mensch in diesem Zug, als wär ich wieder nur einem neuen Trick der Angstmacher auf den Leim gegangen. Der Zug summte, es war Februar, ein frühdunkler Spätnachmittag, die Schneeflecken schoben den Schienen entlang ihr verstohlen weißes Licht, der Zug war wirklich ein Zug und wir fuhren wirklich. Aber ich glaubte dem Fahren nicht ganz, daß es mich auch wirklich aus diesem Land hinausbringt.

Dann aber war der Zug in Ungarn. Und es liefen neben den Schienen ungarisches Wintergras, ungarische Schneeflecken, ungarische Straßenlaternen. Und als es hell wurde, österreichischer Himmel, österreichische Krähen, österreichische Hecken und Nacktpappeln. Die fahrende Gegend war nicht auf Freiheit aus. Einfallslos wuchs alles rumänisch. Der Zug fuhr davon, die Landschaft aber blieb trotz der Entfernung bei sich selbst, hatte mit Unterschieden wie Diktatur und Freiheit nichts im Sinn. Die Grenzen machten Menschen gegen die Landschaft und gegen das Hirn und seinen natürlichen Verstand. Aber es war zum ersten Mal gut, daß es sie gab. Sonst hätte ich nicht in dieser fortgesetzten Landschaft in ein anderes Land gelangen können, dachte ich. Ob das was nützt, war ungewiß. Und diese nun österreichischen Nacktpappeln zogen mir durch die Augen, geigten jedoch in diese erste Freiheit des Schädels ein Windlied: Wir kriegen dich, wo immer du bist.

Eines Tages, ich lebte seit einem Jahr in Berlin, wurde ich zum Staatsschutz vorgeladen. Man nannte mir den Namen eines mir unbekannten Rumänen, zeigte mir sein

Foto und sein Notizbuch, in dem mein Name mit Adresse stand. Der Staatsschutz hatte den Verdacht, daß der Mann mit Mordaufträgen vom rumänischen Geheimdienst in Berlin unterwegs war. Man warnte mich vor Kneipen mit zwielichtigem, rumänischem Personal. In Rumänien, in Temeswar, wo ich bis zu meiner Ausreise lebte, gibt es heute eine große Obstsaftfabrik. Der Besitzer ist der Mann, der damals wegen Mordaufträgen in Berlin verhaftet war. Der Windige von damals ist heute einer der Unternehmer, einer der vielen Unternehmer, Bankiers, Politiker, Professoren, deren Positionen aus der Diktatur es ihnen ermöglichten, Kapital und Einfluß für den Start in die Marktwirtschaft zu nutzen. Die Angstmacher von damals bringen das Land nach Europa.

Der Temeswarer Obstsaft soll, so höre ich, gut schmekken. Ich werde ihn nicht kosten, sonst trinke ich eine Angst mit, die ich gar nicht mehr habe.

Anmerkungen

1 Alexandru Vona: Die vermauerten Fenster. Roman (Bukarest 1993), a.d. Rumänischen v. Georg Aescht, Reinbek 1997, S. 47

2 Vona, S. 43

3 in: Frankfurter Allgemeine Zeitung, 18. November 2000

4 Hanna Krall: Legoland, a.d. Polnischen von Wanja W. Ronge, Frankfurt am Main 1990, S. 69 f.

5 Vona, S. 11 f.

6 Vona, S. 50

7 Vona, S. 1

8 António Lobo Antunes: Die Vögel kommen zurück (Lissabon 1981), a.d. Portugiesischen v. Ray-Güde Mertin, München 1989, S. 68

9 Jorge Semprun: Federico Sánchez verabschiedet sich, a.d. Französischen v. Wolfram Bayer, Frankfurt am Main 1994, S. 13

10 Peter Nádas: Parasitäre Systeme, in: Neue Zürcher Zeitung, 4./5. November 2000

11 Herta Müller: Der Fuchs war damals schon der Jäger, Reinbek 1992, S. 19

12 Vona, S. 200

13 Herta Müller: Herztier, Reinbek 1994, S. 83

14 Vona, S. 248 f.

15 Müller, Herztier, S. 90

16 Müller, Herztier, S. 162

17 Müller, Herztier, S. 111

18 Müller, Herztier, S. 8

19 Müller, Herztier, S. 161

20 Müller, Herztier, S. 163

Notiz

Einige Texte wurden bereits vorab gedruckt oder gingen aus Vorträgen hervor.

»In jeder Sprache sitzen andere Augen«, »Der König verneigt sich und tötet« sowie »Wenn wir schweigen, werden wir unangenehm – wenn wir reden, werden wir lächerlich« wurden als Vorlesungen im Rahmen der Tübinger Poetikdozentur 2001 gehalten.

»Einmal anfassen – zweimal loslassen« entstand als Vorlesung für die Tübinger Poetikdozentur 2000 zum Thema »Zukunft! Zukunft?«.

»Die Insel liegt innen – die Grenze liegt außen« war ein Vortrag für das Badenweiler Kolloquium »Inselglück« 2001.

»Bei uns in Deutschland« entstand als Vortrag für die Frankfurter Römerberggespräche 2000.

Inhalt

Wolfgang Hilbig

»ICH«

Roman

Band 12669

Der Schriftsteller und Stasi-Spitzel »Cambert« soll einen myste-
riösen Autor beschatten, der »feindlich-negativer« Ziele verdäch-
tigt wird. Da dieser Autor nie den Versuch macht, seine Texte
zu veröffentlichen, ist der Verdacht jedoch schwer zu erhärten.
»Camberts« Zweifel an der Notwendigkeit seiner Aufgabe, die
ihn zu unheimlichen Expeditionen durch Berliner Kellergewölbe
zwingt, wachsen mit der Unsicherheit, ob sich das Ministerium für
Staatssicherheit für seine Berichte überhaupt interessiert. Immer
öfter plagt ihn die Ahnung, nicht einmal seine Person werde ernst
genommen. In dem muffigen Zimmer zur Untermiete bei Frau
Falbe, die ihm keineswegs nur Kaffee kocht, verschwimmen ihm
Dichtung und Spitzelbericht so sehr, daß er bald nichts mehr zu
Papier bringen kann. Tief sitzt die Angst, unter dem Deckmantel
»Cambert« könnte der lebendige Mensch längst verschwunden
sein. Hilbigs Thema in diesem Roman ist die Verwicklung von
Geist und Macht. Er untersucht sie am Beispiel eines Literaten, der
zu einem Spitzel der Staatsgewalt geworden ist.

Fischer Taschenbuch Verlag

fi 691 / 8

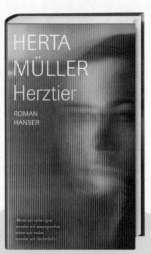